KB218144

연연당 수필

지은이

풍자개 豐子愷, Feng Zikai

중국의 작가이자 화가, 만화가, 예술이론가, 예술교육가, 번역가. 1898년 11월 9일 절강성 석문현 옥계진에서 태어났다. 서당에서 공부할 때부터 그림 솜씨가 뛰어나 '어린 화가'로 이름을 날렸다. 절강성 제일사범학교에 입학해 이숙동(李叔同, 홍일법사)·하면존(夏丏尊)의 영향으로 문예의 길을 걷기 시작했다. 1927년 제일사범학교의 스승이었던 홍일법사를 따라 불문에 귀의했다. 법명은 영행(嬰行)이다. 이후 국립예술전문학교 교수와 중국미술협회 상무이사, 상해미술가협회 부주석을 역임했다. 1975년 9월 15일 폐암으로 사망했다.

옮긴이

홍승직 洪承直, Hong Seung-jic

순천향대 중국학과 교수. 고려대 중문과를 졸업하고 동 대학원에서 석사·박사 학위를 취득했다. 순천향대 공자아카데미 원장, 인문학진흥원장, SCH미디어랩스 학장 등을 역임했다. 각종 중국 문헌의 번역에 힘쓰고 있으며, 한국인에게 적절한 중국어문학 교육에 관심을 가지고 연구와 강의를 진행 중이다. 심신 수련을 위해 태극권을 수련하고, 태극권 보급에도 힘쓰고 있다. 저서 및 역서로 『일본 문화를 바라보는 창, 우키요에』, 『처음 읽는 논어』, 『처음 읽는 맹자』, 『처음 읽는 대학·중용』, 『한자어 이야기』, 『이탁오평전』, 『중국 물질문화사』, 『아버지 노릇』, 『용재수필』, 『분서』, 『유종원집』 등이 있다.

풍자개 수필집 01
연연당 수필

초판발행 2024년 10월 20일

지은이 풍자개
옮긴이 홍승직

펴낸이 박성모
펴낸곳 소명출판
출판등록 제1998-000017호
주소 서울시 서초구 사임당로14길 15 서광빌딩 2층
전화 02-585-7840
팩스 02-585-7848
이메일 somyungbooks@daum.net
홈페이지 www.somyong.co.kr

ISBN 979-11-5905-952-0 03820
정가 14,000원

ⓒ 홍승직, 2024

풍자개 지음 | 홍승직 옮김

연연당 수필

일러두기
· 이 책은 개명서점(開明書店)에서 출간한 『연연당수필(緣緣堂隨筆)』(1931.1)의 초판본에 수록된
수필 20편을 옮긴 것이다.
· 각 수필의 시작 면에 실린 그림은 『풍자개전집(豐子愷全集)』(海豚出版社, 2016)의 것이다. 수필과
완전히 맞아 떨어지지 않더라도 풍자개의 그림을 소개한다는 차원에서 옮긴이가 선별하였다.

이 책은 중국 현대 작가 풍자개豊子愷, 1898~1975의 첫 번째 수필집『연연당수필緣緣堂隨筆』1931을 번역한 것이다.

풍자개는 중국 현대 작가, 화가, 만화가, 예술이론가, 예술교육가, 번역가 등으로 소개되는데, 간단히 말하면 중국의 현대 '만화가'이자 '수필가'이다.

'수필隨筆'이란 무엇인지 수많은 정의가 있을 수 있지만, 글자 그대로만 놓고 보면 '붓이 가는 대로, 생각나는 대로 쓴 글'이라고 할 수 있다. '느긋하게, 여유있게 쓴 글'이라는 의미를 좀 더 살린 '만필漫筆'이라는 용어도 있다. '수필'과 '만필'은 같은 것을 다르게 부르는 말로 볼 수 있다는 것이다. 글의 영역에서 '수필'이란 것의 의미와 특징을 생각할 때, 그림 영역에서 '수필' 같은 위상을 차지하는 것이 '만화漫畫'이다.

중국에서 '만화'라는 것이 처음으로 유행하고 독자의 사랑을 널리 받게 된 것이 풍자개로부터였다고 할 수 있다. 글과 그림에 모두 뛰어났던 풍자개는 그때그때 느낌이나 생각들을 때로는 글로, 때로는 그림으로 끊임없이 표현하여 수필가이자 만화가로서 활약했다.

풍자개에게는 글이 곧 그림이요 그림이 곧 글이라고 할 수 있다. 그런데 그림이 워낙 관심을 받고 인기를 끌게 되어, 글은 상대적으로 상응하는 관심을 받지 못했다는 것을 부정할 수 없다.

역자는 대학원 재학 시절 풍자개의 글을 처음 접했을 때부터 매우 좋아하기 시작하여 그의 글을 폭넓게 소개하는 것에 관심을 가지게 되었고, 몇몇 글을 소개한 선집을 내기도 했다. 이제 중국어문학 연구 및 교육의 현역 마무리가 얼마 남지 않은 시점에서, 가능한 힘이 닿는 데까지 풍자개의 글을 전면적으로 소개하는 것을 마지막 작업 및 사명으로 삼는 것도 괜찮다는 생각이 있었다.

마침 중국의 풍자개연구회 관계자들이 풍자개의 유족들과 긴밀한 협의를 통하여 풍자개가 일생 동안 발표했던 그림과 글을 가급적 빠짐없이 수집하는 작업을 진행하기 시작했고, 총 50권 분량의 거질 『풍자개전집豊子愷全集』海豚出版社이 2016년에 간행되기에 이르렀다. 이 『풍자개전집』의 간행은 그저 생각에만 머물렀던 나의 마지막 작업을 실제로 실행에 옮길 수 있게 하는 동력이 되었다.

문학이 외면당하는 것이 어제오늘 일이 아님에
도 불구하고, 마치 화재 현장에서 모두가 탈출하여 빠
져나오는데 혼자서 외롭게 불을 끄러 역행하여 진입하
는 소방대원처럼, 계간지 『문학인』을 창간하고 작품집
과 연구서를 지속적으로 출간하는 등 문학인들에게 힘
을 실어주고 계신 소명출판 박성모 사장님의 결단으로
풍자개의 유족 측과 『풍자개전집』 한국어 번역 저작권
을 체결하고, 첫 번째 수필집 『연연당수필』이 이렇게 그
모습 그대로 부활하게 되었다.

　　그동안 한국 독자에게 그다지 소개되지 못한 풍
자개의 글을 소개하는 것이 이 작업의 주된 목표이되,
그의 그림 또한 이에 못지 않음을 간접적으로 소개하고
자 중간중간 그림을 삽입하였으며, 원래 『연연당수필』
에 금상첨화한 것으로 보아주었으면 한다.

2024년 9월

역자 홍승직

차례

그물 끊기 | 剪網

1928년 1월 『일반一般』 제4권 제1호에 게재되었다.
'자개子愷'라고 서명하고 끝에 '정묘년 10월'이라고 기록했다.

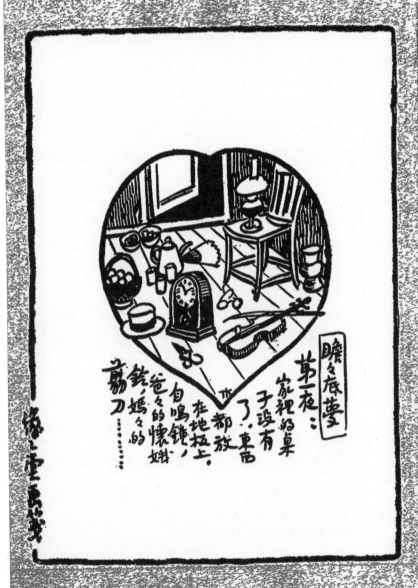

〈그림 1〉 첨첨의 꿈 1

큰외삼촌⁺이 '대세계大世界'⁺⁺ 나들이에서 돌아왔다. 탁자에 양향良鄉 밤 두 봉지 털썩 올려놓고 등나무 의자에 기대며 환락의 피로가 묻어난 얼굴로 고개를 저으며 말했다.

"상해上海 나들이 정말 기분 끝내 주더구만! 경극, 신파극, 그림자극, 화극, 판소리, 마술……. 아 글쎄 없는 게 없더라니까. 차 마시고, 술 마시고, 요리 먹고, 과자 먹고……. 뭐든지 마음대로 골라 먹지. 게다가 엘리베이터, 비행선, 허니문카, 스케이트, 호랑이, 사자, 공작, 구렁이……. 정말 온갖 기이한 게 다 있어! 이야, 정말 기분 좋게 나들이 한 번 했구만 그려. 다만 돈을 생각하면

⁺ 작가의 부인 서력민(徐力民)의 큰오빠, 여기서는 자녀 입장에서의 호칭을 사용했다.
⁺⁺ 1917년 개장한, 상해의 대표적 종합 공연 위락시설.

기분이 좀 꿀꿀허네. 상해에선 돈 쓰기 정말 쉽더라구! 돈만 안 드는 나들이라면, 하하하하……."

"하하하하……" 나도 따라 웃었다.

큰외삼촌 말이 정말 일리가 있었다. '정말 기분 좋게 나들이 한 번 했으면서도, 다만 돈을 생각하면 기분이 꿀꿀한' 것과 같은 경우를 나도 종종 겪는다. 배 탈 때, 차 탈 때, 물건 살 때……. 돈만 생각하지 않는다면, 그런 것을 만든 일꾼이나 공급하는 상인에게 너무나 고마운 생각이 들고, 인생이란 그야말로 의미가 있는 것도 같다. 그러나 그런 것을 누리려면 돈이라는 교환 조건이 필요하다는 것만 떠올리면 재미가 거의 사그라든다. 가르치는 것도 그렇다. 한 반 청년이나 아이들과 함께 연구하고 그들을 위하여 수업을 하는 것은 그야말로 의미 있고 기쁜 일이다. 그러나 수업 시작 및 종료를 알리는 종소리가 명령하듯 들려오면, 군대식으로 '출석 점검'을 할 때면, 무슨 장사하듯 '월급'이란 것을 생각하면, 기분이 불쾌해지기 시작하면서, '수업한다'는 그 일이 지겨워진다. 큰외삼촌이 '대세계' 나들이했을 때와 완전히 똑같다. 그래서 큰외삼촌 말에 일리가 있다고 탄복하여 '하하하하……' 하고 따라 웃었던 것이다.

'가격'이란 것이 원래 사물의 의의를 제한하거나 감소시키게 하기 쉽다. "공화청에서는 차 한 주전자가 2전이고, 사자를 보려면 동전 스무 개야"라는 큰외삼촌 말처럼 사물의 대가를 규정하면 그 의의가 제한을 받아서, 공화청에서 차 한 주전자 마시는 건 2전을 마시는 것과 다름없고, 사자를 보는 건 동전 스무 개를 보는 것과 다름없는 것처럼 보인다. 그러나 실제로 공화청에서 차를 마시거나 사자를 볼 경우, 차를 마시거나 사자를 보는 우리에게 그 재미는 결코 그렇게 간단한 선에서 끝나지 않는다. 그러므로 사고 파는 가격의 눈으로만 사물을 보면 세상에는 오직 돈만 있는 것처럼 보일 뿐 다른 의의가 없으며, 모든 사물의 의의가 감소된다. 사물이 돈과 관계를 일으키게 하는 것이 바로 '가격'이다. 기타 세상 모든 '관계'라는 것이 사물 자체의 존재 의의를 방해할 수도 있음을 알 수 있다. 따라서 우리가 어떤 사물 자체의 참된 존재 의의를 알고자 한다면 그것과 세상 모든 것과의 관계를 철거하지 않으면 안된다.

큰외삼촌은 줄곧 돈만 생각하면서 '대세계'를 나들이하지는 않았을 것이다. 그러니까 그렇게 기분 좋고 찬미할 수 있는 것이다. 그러나 큰외삼촌은 단지 '가격'이라는 관계만 철거한 것일 따름이다. 언제나 세상의 모든 관계를 생각하지 않고 이 세상에서 살아갈 수만 있다면, 그 일생은 틀림없이 훨씬 더 환희와 위안을 얻게 될 것이다. 밀 물결을 만나도 그것이 빵의 원료라는 걸 생각할 필요 없고, 쟁반 위의 귤을 봐도 그것이 갈증을 풀어주는 과일이라는 걸 생각할 필요 없고, 길가의 거지를 봐도 돈을 구걸하는 가난한 사람이라는 걸 생각할 필요 없고, 눈 앞의 풍경을 봐도 어느 마을 어느 동네 교외라는 걸 생각할 필요 없고, 이렇게 할 수만 있다면 큰외삼촌이 '대세계'를 나들이한 것처럼 언제나 기분 좋고 찬미하며 이 세상을 살 수 있을 것이다.

무지막지하게 크고 복잡한 그물이 이 세상에 얽혀 있는 것 같다. 크고 작은 모든 것이 그 그물에 갇혀 있다. 어떤 사물을 파악하려고 할 때, 본래의 그것이 홀로 뚜렷하게 내 눈 앞에 나타나게 하지 않고, 늘 무수한 줄을 끌어당겨 무수한 다른 것을 끄집어내 견줌으로써, 세계의 진상을 영원히 보지 못해왔다. 큰외삼촌은 '대세계'에서 '돈'과 연결된 한 줄을 끊고 나서 만족을 얻고 돌아올 수 있었다. 그러니까 나도 잘 드는 가위 하나 구해서 이 그물을 모조리 끊어버리고 이 세계의 참 모습을 알고 싶다.

　예술, 종교, 이게 바로 이 '세상의 그물'을 끊으려
고 내가 찾는 가위이다.

점
점　漸

1928년 6월 『일반』 제5권 제2호에 게재되었다.
'영행嬰行'이라 서명하고
끝에 '무진년 망종芒種에 석문石門의 배에서 쓰다'라고 기록했다.
인민문학출판사人民文學出版社가 출간한 『연연당수필緣緣堂隨筆』
초판1957.11에 '1925년작'이라고 잘못 기록되었다.

〈그림 2〉 첨첨의 차, 자전거

인생이 원활히 진행되게 하는 미묘한 요소를 들라면, 무엇보다 '점점[漸]'을 꼽겠다. 조물주가 인간을 속이는 수단을 들라면, 역시 무엇보다 '점점'을 꼽겠다. 깨닫지 못하는 사이에, 천진난만한 아이가 '점점' 야심만만한 청년으로 변해가고, 기개와 의협이 넘치는 청년이 '점점' 냉혹한 성인으로 변해가고, 혈기왕성한 성인이 '점점' 완고한 노인으로 변해간다. 한 해 한 해, 한 달 한 달, 하루 하루, 한 시간 한 시간, 일 분 일 분, 일 초 일 초……. 그 변화가 점점 진행된다. 마치 경사가 아주 완만한 기나긴 비탈을 걸어 내려오는 것과 같아, 사람들은 내려가는 흔적을 느끼지 못하고, 고도가 변하는 경계를 깨닫지 못한다. 그래서 언제나 영원히 변하지 않는 같은 위치에 있다고 느끼고 항상 삶의 재미와 가치가 있다고 느낀다. 그래서 인생을 긍정하고, 인생이란 것이 원활하게 진행된다. 만약 인생의 진행이 완만한 비탈을 내려오는 것과 달리, 풍금 건반에서 '도'에서 갑자기 '레'로 건너뛰듯 어제의 아이가 오늘 아침 갑자기 청년으로 변한다면, 혹은 '도'에서 갑자기 '미'로 건너뛰듯 아침의 청년이 저녁에 갑자기 노인으로 변한다면, 사람들은 틀림없이 경악하고, 감개하고, 슬퍼할 것이요, 혹은 인생무상을 통감하면서, 자기가 사람인 것이 싫어질 지도 모른다. 그래서 인생은 '점점'에 의하여 진행된다는 걸 알 수 있다. 특히 여자의 경우에 더욱 그럴 것이다. 오페라에서 무대 위의 꽃 같은 소녀가 미래 어느 화롯가에 앉은 노파라고 하면, 누구든 믿지 않을 것이요, 소녀 역시 인정하지 않으려고 할 것이다. 사실 지금의 노파는 모두 꽃 같은 소녀가 '점점' 변한 것이다.

사람이 처지의 몰락을 받아들일 수 있게 하는 것도 순전히 '점점'의 도움 때문이다. 어마어마한 부잣집 도령이 여러 차례 파산하며 '점점' 가산을 탕진하여 가난한 사람으로 변해가고, 가난하면 품팔이를 해야 하고, 품팔이하다 왕왕 노예로 전락하고, 그러면 무뢰한이 되기 쉽고, 그러다 거지가 될 지도 모르고, 그러다가 공공연히 도둑질을 하고……. 이런 예가 소설에서나 실제에서나 아주 많다. 10년 20년 긴긴 세월 동안 한 걸음 한 걸음 '점점' 그 몰락에 도달하여, 당사자로서는 무슨 강렬한 자극을 느끼지 못한다. 그러므로 춥고 배고프고 병이 들고 고통받고 수갑차고 곤장맞는 지경에 이르게 되어도, 여전히 그저 그런 듯이 눈 앞의 삶의 환희에 연연한다. 만약 천만장자가 갑자기 거지나 도둑으로 전락하면, 틀림없이 분통이 터져서 살고 싶지 않게 될 것이다.

정말이지 대자연의 신비로운 법칙이요, 조물주의 미묘한 솜씨로구나! 음과 양이 소리 소문없이 움직이고, 계절이 차례로 바뀌고, 만물이 나고 번성하고 쇠퇴하고 죽는 것에 이르기까지, 슬그머니 이 법칙에 들어맞지 않는 것이 없다. 싹 트는 봄에서 '점점' 녹음 짙은 여름으로 변해가고, 조락하는 가을에서 '점점' 고적한 겨울로 변해간다. 지금까지 추위와 더위를 수십 번이나 겪어왔어도, 화롯가에 모여들고 이불을 뒤집어쓰는 겨울 밤에는 얼음물 마시고 부채질하는 여름 모습이 여전히 상상이 잘 안된다. 반대 경우도 그렇다. 그러나 겨울로부터 하루 하루, 한 시간 한 시간, 일 분 일 분, 일 초 일 초 여름으로 움직이고, 여름으로부터 하루 하루, 한 시간 한 시간, 일 분 일 분, 일 초 일 초 겨울로 움직인다. 그 과정에서 아무런 뚜렷한 움직임의 흔적을 찾을 수 없다. 밤낮도 이와 같다. 저녁에 창 밑에 앉아 책을 보고 있노라면, 페이지가 '점점' 어둠에 젖는다. 끊임없이 보고 있으면 (빛이 점점 약해짐에 따라 눈에 점점 힘이 들어가며) 거의 영원토록 페이지의 글씨 흔적을 알아볼 수 있으며, 낮이 이미 밤으로 변한 것을 느끼지 못한다. 여명에 창가에 기대어, 아무리 눈 하나 깜박이지 않고 동쪽 하늘을 보고 있어도, 밤에서 낮으로 움직이는 흔적을 찾아내지 못한다. 아침 저녁으로 만나는 부모는 자식들이 점점 크는 것을 제대로 느끼지 못한다. 그러나 오랜만에 만나는 먼 친척은 그들을 못 알아본다. 예전에 제야의 밤에, 붉은 촛불 아래에서 수선화가 피길 기다리며 지켜봤던 적이 있다. 얼마나 바보 같은 짓이었나! 만약 그때 수선화가 당장 우리가 보라고 피었다면, 그것은 대자연의 원칙의 파괴이며, 우주의 근본의 동요이며, 세계 인류의 종말이 아니겠나!

각 단계마다 차이가 극히 미미하고 완만하게 함으로써 시간의 흐름과 사물의 변천의 흔적을 은폐하여, 그것이 항구불변한 것이라고 사람들이 오인하게 하는 것이 바로 '점점'의 효과이다. 이는 정말 조물주가 인간을 속이는 엄청난 꾀이다! 비유 하나 들어보자.

한 농부가 매일 아침 송아지를 안고 도랑을 뛰어 건너 밭에 일하러 갔다가, 저녁에 또 송아지를 안고 도랑을 뛰어 건너 집에 돌아왔다. 하루도 그친 적이 없었다. 송아지는 점점 자라고 무거워져서, 그렇게 1년이 지나자, 거의 어른 소가 다 되었다. 그러나 농부는 전혀 느끼지 못하고, 여전히 소를 안고 도랑을 뛰어 건넜다. 그러다 무슨 일 때문에 하루 일을 쉬었더니, 그 다음 날부턴 더 이상 그 소를 안고 도랑을 뛰어 건널 수가 없었다.

인간이 매일 매시 삶의 환희에 머물러 변천과 고생을 느끼지 못하게 하는 것이 바로 조물주가 인간을 속이는 방법이다. 인간은 나날이 무거워지는 소를 안고 하루도 쉬지 않고 매일같이 도랑을 뛰어 건넌다. 변하지 않는다고 오인하고 있지만, 사실 매일 그 노고가 증가하고 있다.

시계야말로 인생을 가장 잘 상징하는 것이라고 생각한다. 평상시에 얼핏 보면 시계의 분침과 시침은 움직이지 않고 늘 제자리에 있는 것 같다. 그러나 인간이 만든 것 중에서 시계 바늘만큼 쉬지 않고 끊임없이 움직이는 것도 없다. 일상생활 중의 인생 역시 이와 같다. 순간 순간 나는 나라고 느끼고, 이 '나'는 영원히 변하지 않는 것 같지만, 사실 시계 바늘과 마찬가지로 끊임없이 변화한다. 숨이 붙어 있는 한 나는 언제나 '나'요 나는 변하지 않는다고 느끼며, 여전히 나의 삶에 머물러 있으면서, 가련하게도 끝까지 '점점'에 속는다.

'점점'의 본질은 '시간'이다. 음악이라는 시간 예술이 회화라는 공간 예술보다 훨씬 신비로운 것처럼, 시간은 공간보다 훨씬 불가사의하다고 생각한다. 공간의 경우는 얼마나 광대하건 무한하건 간에, 굳이 따져보지 않더라도 그 일단을 파악할 수 있으며, 그 일부를 인정할 수 있다. 그런데 시간은 전혀 파악할 길 없고 만류할 수 없이, 그저 과거와 미래가 막막한 가운데 끊임없이 쫓고 있을 뿐이다. 성질을 따지면, 막막하고 불가사의하고, 분량을 따지면, 인생에서 너무나 많은 것 같다. 보통 사람들은 시간의 본질을 깨닫는다 해도, 그저 배나 차를 타는 짧은 시간 동안만 그 지배를 제대로 받을 뿐, 저마다 타고났다는 백 년이라는 수명의 오랜 기간 동안에는 감당을 못하고, 왕왕 국부에 빠져서 전체를 돌아보지 못하곤 한다. 기차에서 승객들을 보면, 항상 그중에는 통달한 사람이 있게 마련이다. 잠시의 안락을 희생하며 자리를 약자에게 양보하여 마음의 태평을 (혹은 잠시의 칭찬을) 얻는 사람이 있는가 하면, 사람들이 앞다투어 먼저 내리려는 것을 보고 뒤편에 물러나 있으면서 "밀치지 말아요. 어차피 다들 내릴텐데", "모두 내리는 거예요"라고 소리치는 사람도 있다. 그러나 '사회' 혹은 '세계'라는 커다란 기차를 탄 '인생'이라는 장기 여객 중에는 이렇게 통달한 사람이 드물다. 그래서 나는 백 년이란 수명은 너무 길게 정해진 것이라고 생각한다. 지금 세상 사람들이 각자 배나 차를 타는 기간 정도로만 수명이 정해졌다면, 아마 인류 사회에서 수많은 흉악하고 잔인하고 처참한 싸움이 줄어들 것이요, 기차에서와 똑같이 양보하고 평화롭고 그럴 지도 모르는 일이다.

허나 인류 중에는 백 년 혹은 천고의 수명을 타고났다 해도 감당할 수 있는 사람도 몇몇 있다. 그런 사람이라면 '위대한 인격' '위대한 인생'이라고 할 만하다. 그들은 '점점'에 기만당하지 않고, 조물주에게 속지 않고, 무한한 시간과 공간을 한조각 마음에 아울러 수축해 놓는다. 블레이크Blake의 노래를 한 번 들어보자!

모래 한 알에서 세계를 보다.

들꽃 한 송이에서 천국을 보다.

너의 손에 무한이 담겨 있다.

한 시간이 바로 영겁이다. 주작인(周作人) 선생의 번역을 인용함

立達五周紀念感想

입달학교 5주년을 맞이하여

원래 게재 상황 불명.
인민문학출판사가 출간한 『연연당수필』 초판에
「입달오주년기념감상立達五周年紀念感想」으로 수록되었다.
글의 끝에 '1930년작'이라고 기록되어 있다.

〈그림 3〉 창작과 감상

입달학교가 5주년을 기념하게 되었다. 5주년을 기념하려 하니, 5년 전 입달학교가 탄생되던 광경이 떠오른다.

현재 학교 전체에서 입달학교의 탄생을 지켜본 사람은 이미 매우 적어졌다. 내가 꼽아보니 광匡 선생님, 도陶 선생님, 연練 선생님, 나, 그리고 일꾼 곽지방郭志邦 다섯 사람뿐이다. 하지만 이제 풀어놓는 옛날 이야기는 우리 다섯 사람 마음에 똑같은 감흥을 불러일으키리라.

1924년 추운 겨울, 우리 몇몇 방랑자는 상해 노파자로老靶子路에서 건물 두 채를 세내어 '입달중학立達中學'이라는 팻말을 내걸었다. 그때 나는 낮에는 서문西門의 다른 학교에서 교사를 하고 있어서, 야식을 먹고 5번 전차를 타고 노파자로의 건물 두 채로 와서 준비 작업을 도왔다. 그때만 해도 우리에게는 탁자 두세 개, 긴 걸상 몇 개 밖에 없었고, 석유등 하나를 켜고 지냈다. 나는 술을 좋아하여, 매일 저녁 입달학교에 도착하면 주머니를 더듬어 2전을 꺼내서 '다방茶房'곽지방, 당시 유일한 일꾼이어서 곽지방이라고 부르지 않고 '다방'이라는 보통명사로 부름에게 주어 황주를 사오라고 했다. 마시면서 이야기를 나누었다. 술을 다 마시면 다방은 야식으로 먹으라고 우리에게 국수를 삶아주었다. 한밤중이 되면 나는 다시 5번 전차를 타고 내 숙소로 돌아가 잤다. 이런 날이 대략 서너 주 지났다. 바로 요즘 며칠 같은 날씨였다.

얼마 후 우리는 집세가 너무 비싸 리어카를 한 대 빌려서 학교 전체를 소서문小西門 황가궐黃家闕의 낡은 건물로 옮겨 개학했다. 그곳은 집세는 매우 쌌지만 건물은 그만큼 매우 낡았다. 아래층에서 밥 먹을 때면 늘 윗층에서 먼지나 물기가 밥그릇으로 떨어졌다. 정자간후子間 아래쪽 부뚜막이 광 선생님의 사무실 겸 침실이었다. 교실과 복도가 구분이 없어서, 도 선생님이 흰 천을 몇 폭 사와서 걸어가지고 분리벽으로 삼았다. ─ 그 건물에서 반 년 동안 수업을 하고 강굽이에 우리가 지은 교사 즉 바로 현재의 입달학교로 옮겼고, 여기서 4년 반을 보냈다.

이런 옛날 얘기를 하자니, 지금으로서는 우리 다섯 사람 마음속에만 구체적 기억이 있을 따름이다. 입달학교라는 이 다섯 살 아이에게 우리 다섯 사람은 산파와 마찬가지다. 이 아이는 비록 이후 많은 유모의 공에 의해 성장하였지만, 5주년을 기념하는 이 날에 한하여 그 탄생을 회상하니, 우리 다섯 사람 얼굴에 빛이 좀 나는 듯하다.

하지만 공로를 말하자면 다섯 사람 중에서 내가 제일 부끄럽다. 나는 그 아이가 탄생한 뒤 5년 동안 사실 제대로 잘 양육하지도 않았고 최근에는 더욱 소원했다. 광 선생님, 도 선생님, 연 선생님의 보살핌이 나보다 훨씬 깊고 두터웠다. 그러나 세 분 선생님도 곽지방 군만큼 전심전력하지는 못했다. 5년 동안 시종일관 게으르지 않고 전심전력으로 그 아이를 위해 일했던 사람은 사실 오직 곽지방 군 한 사람뿐이다.

5년 전 그는 내게 술을 사다 주고, 우리에게 국수를 삶아주고, 우리의 이사를 도와주었다. 5년 1,800일 동안 끊임없이 건물을 지키고, 우편물을 발송 수령하고, 종을 쳐서 시각을 알렸다. 그의 손을 거쳐간 우편물을 매일 평균 100통으로 계산해도 이미 10만 8천 통이다. 그가 종을 친 것을 매일 평균 20번으로 계산해도 이미 3만 6천 번이다. 하지만 그의 태도는 조금도 변함없어, 5년을 하루같이 조금도 해이해지지 않고 봉사했다. 재작년 전쟁통처럼 고난과 환난의 때에 그는 맨 앞에 나섰고, 축제 같은 것을 여는 환희와 축하의 때는 뒤로 물러섰다. 하지만 그가 받는 월급은 또한 늘 너무 박했다. 청년 학우 여러분! 생각을 해보자. 이런 각고, 인내, 겸손, 만족의 정신에 우리가 어떻게 탄복하지 않을 수 있는가! 5주년 기념식에서 우리는 그에게 '입달원훈'이라는 존호를 수여해야 한다.

입달학교 5주년을 기념하는 이 시점에 내게 드는 생각은 오직 곽지방 군에 대한 이 부끄러운 마음뿐이다.

自然

자연스러움

『소설월보小說月報』제20권 제1호 1929.1.10에「자연송自然頌」으로 게재되었다.
글의 끝에 '무진년 10월 12일 한밤중 강만 연연당에서 쓰다'라고 적혀 있다.
인민문학출판사가 출간한『연연당수필』초판에
'1926년작'이라고 잘못 기록되었다.

〈그림 4〉 전쟁의 기원

'아름다움[美]'은 '신[神]'의 손으로 만들어지고, '신'으로부터 손을 빌려서 아름다움을 만드는 사람이 예술가이다.

거리의 남루한 거지의 몸에는 사람이 만든 장식이라곤 전혀 없다. 그러나 최신 유행으로 차려입은 미녀보다 훨씬 아름답다. 이곳 기차역 옆에는 곱추 노인 거지가 있다. 매일 행인에게 구걸한다. 나는 매번 기차를 내리고 나면 애원하는 마음이 가득한 밀레의 목탄화 한 폭을 맞이하게 된다. 나는 매번 그에게 동전을 몇 푼 준다. 감사의 마음이 충만한 그림을 또 한 폭 사들인 셈이다.

여성은 온갖 고심을 하여 자기 몸을 장식한다. 머리를 지지는 것도 마다않고, 가슴과 팔뚝이 꽁꽁 얼어붙어도 아랑곳않고, 발끝이 아파도 개의치 않는다. 그러나 여성의 진정한 아름다움은 그렇게 고심하고 신경쓴 장식에 있는 것이 결코 아니다. 여성이 신경쓰지 않는 곳에서 도리어 아름다움을 발견한다. 그뿐만 아니라, 그토록 고심하고 신경썼던 장식이 도리어 여성의 진정한 아름다움을 방해한다. 그래서 화가는 여성이 이런 인공 장식을 하는 것을 용납하지 않아, 그 옷을 모조리 벗기고 '신'의 작품을 적나라하게 묘사한다.

화실의 모델은 비록 옷을 모두 벗어서 인공적 장식을 모두 없앴지만, 그림을 그리는 학생으로부터 요청을 받거나 혹은 자신의 의도에 따라서 보기 좋은 자세를 억지로 만들어내려고 하여, 자세를 취하면 취할수록 부자연스럽고, 그렇게 그려낸 그림일수록 생기가 없는 경우가 적지 않다. 인상파 이후 누드 사생 화풍이 유럽에서 유행하고 세계에 퍼졌다. 회화 전시장에 들어가면 마치 목욕탕이나 도살장에 들어간 것처럼 온통 맨살만 눈에 들어왔다. 그러나 인상파의 사생 방법으로 그려낸 누드는 자연스럽게 아름다운 자태가 극히 드물다. 모델이 대臺 위에 올라가 있을 때는 자연스럽게 아름다운 자태가 있을 수 없다. 오직 쉬고 있을 때, 그 여인이 대₁ 옆의 융단에 멋대로 눕거나 앉아서 자유롭게 움직일 때 비로소 아름다운 자태를 볼 수 있다. 이는 아마 세상 모든 미술 전공 학생이 동감하는 상황일 것이다. 쉬고 있을 때는 인위적 구속을 더 이상 받지 않아서 자연스러운 필요에 따라 움직이기 때문이다. '자연스러운 움직임'에서 '신'이 만든 아름다운 자태가 나타난다.

사진 속에서 사람들의 자태가 부자연스러운 것도 모두 이 때문이다. 대체로 사진 속 인물은 모두 무대에서 연기하는 배우 모습을 하고 있거나, 남쪽을 향하고 있는 왕의 모습을 하고 있거나, 절간의 보살상처럼 있거나, 또는 마치 한창 스텝을 옮기고 있는 무술 코치 같은 모습이다. 대체로 사람이 카메라 렌즈 앞에 앉아서 사진을 찍으려고 할 때에는 복잡한 심리가 작용하여 손과 발을 어찌 해야 할지 모르겠고, 앉아도 서도 불안하고, 전신이 매우 긴장한다. 그래서 그 자세가 극도로 부자연스럽다. 게다가 사진 찍는 사람이 "고개를 약간 들고", "눈은 여길 보고", "좀 웃어요" 등 각종 명령을 내리면, 내부적으로 이미 긴장하고 있는데 외부적으로 또 사진 찍는 사람의 충고에 따라서 고개를 높이 들고 앞을 주시하고 웃는 것처럼 입술을 구부려야 하니, 이 얼마나 힘들고 우스운 방법인가! 어떻게 하면 필름에 아름다운 자태가 나타나게 할 수 있을까? 내가 요즘 사진 찍는 것을 배우고 있는데, 바로 이 점 때문에 인물의 초상은 찍지 않고, 오직 풍경과 정물 즉 신의 손으로 만든 자연과 사람이 신의 손을 빌려서 배치한 정물만 찍겠다고 작정했다.

인체의 아름다운 자태는 반드시 자연스러움에서 나온다. 다시 말하자면, 모든 아름다운 자태는 물리적으로 자연스러운 필요에 의해서 나온 자태 즉 편안한 때의 자태이다. 이 점은 누차 내게 비범한 영감을 일깨웠다. 빈천한 사람이건, 추악한 사람이건, 노동자이건, 마차꾼이건, 자연스러운 필요에 따라 움직이면 모두 아름다운 자태의 소유자이며, 모두 예찬할 만하다. 심지어 생활의 행복이 전혀 없는 것으로 보이는 제4계급 이하의 거지도 이 점은 결코 박탈당하지 않고 부귀한 사람과 평등하다. 아니, 거지가 지니고 있는 자태의 아름다움은 부귀한 사람보다 몇배 더 풍부하다. 이른바 상류의 교제 사회에 들어가 저들이 말하는 '신사'니 '인물'의 모습을 보고 있노라면, 고개 끄덕이고, 손을 모아잡고, 허리를 숙이고, 나아가고 물러서는 등 갖가지 부자연스러운 거동과 얼굴 가죽에 억지로 만들어낸 웃는 모습과 의례적으로 주고받는 마음에 없는 말 등이 실로 우습기만 하다. 이런 것은 사람의 생활이 아니고 연극이라고 나는 매번 느낀다. 이런 생활을 하느니 차라리 거지가 되겠다.

피조물은 자연스럽게 움직여야만 그 참모습이 보이고 또한 그 고유의 아름다움이 보인다. 나는 종종 사람이 주의를 기울이지 않고 경계나 대비를 하지 않았을 때 그 사람의 참되고 아름다운 자태를 엿보게 된다. 그러나 그 사람을 주시하거나 언질을 해주면 이 사람은 주의를 기울이고 경계와 대비를 하게 되어서 아름다운 자태도 찾을 수 없다. 예전에 내가 그림을 배울 때, 하루는 한 친구의 포즈가 아주 좋아서, 내가 스케치를 한 장 그리게 해달라고 부탁했더니, 그 친구는 내일 괜찮다고 했다. 다음 날이 되자, 그는 머리를 깎고, 새 옷으로 갈아입고, 고개를 빳빳이 들고 의자에 앉아서 나더러 그리라고 했다. ― 이런 사람과는 아름다움에 대해서 얘기할 수 없다. 나는 오직 친구 황涵秋과 함께 있을 경우에만 그 자태를 감상할 수 있다. 우리는 종종 마주 앉아 한밤중까지 얘기했다. 황은 그림을 그리는 사람이다. 그는 나와 견해가 같아서, 항상 모델의 자태가 부자연스럽다고 싫어한다. 그가 내 방에 들어올 때, 나는 내 자세가 볼만하다고 생각되면 일어나 응대하지 않고 원래 모습을 그대로 유지하여, 그가 우선 감상을 좀 해보도록 한다. 그는 한 번 훑어보고 나서, 내 손이 어떻고 발이 어떻고 몸 전체가 어떻다고 평을 하곤 한다. 그런 다음 우리는 담배를 피우고, 차를 끓여 마시고, 다른 것을 얘기한다. 얘기하는 도중 내가 문득 그의 동작에서 좋은 '포즈'를 발견하여 "잠깐"이라고 외치면 그는 즉시 화실의 석고 모형처럼 그대로 굳는다. 그럼 나는 그의 자태를 감상하거나 그린다.

인체의 자태만 그런 게 아니다. 사물의 배치도 이 자연스러움의 규율에서 벗어날 수 없다. 모든 정물의 아름다운 배치는 반드시 자연스러움에서 나온다. 다시 말하자면, 순조롭고, 적절하고, 안정적이어야 한다. 가장 비근한 예를 들어본다. 탁자 위에 찻주전자 하나와 찻잔 하나가 있다고 가정해보자. 이 찻주전자의 주둥이가 찻잔을 향하지 않고 다른 쪽을 향하고 있다면, 즉 찻잔이 찻주전자 뒤쪽에 놓여 있다면, 마치 아이가 엄마 등 뒤에 숨은 듯하여, 어느 누구라도 이것은 순조롭지 않고, 적절하지 않고, 안정적이지 않다고 생각할 것이다. 동시에 이것을 정물화로 그려내면 필시 그 구도 또한 좋지 않을 것이다. 미학에서 말하는 '다양한 통일'이란 바로 다양한 사물이 자연의 규칙에 맞게 통일을 이루는 것으로, 이것이 미적 상태이다. 예를 들어, 강단의 탁자에 화병을 하나 놓는 것과 같다. 화병을 탁자의 정중앙에 놓으면 너무 변화가 없으니, 통일은 되었지만 다양하지 못하다. 다양하게 하려면 탁자의 한쪽으로 약간 치우치게 놓아야 한다. 그러나 지나치게 치우쳐서 탁자의 모서리에 가까와지면 아무리 보아도 순조롭지 않고, 적절하지 않고, 안정적이지 않다. 미학적으로 다양하지만 통일을 이루지 않은 것이다. 대략 탁자의 3등분 경계선 근처에 놓으면 가장 적절한 곳에 놓은 것으로, 다양하고도 통일을 이룬 상태가 된다. 동시에 실제적으로도 가장 자연스럽고 안정된 위치이다. 이때 화병 좌우 쪽으로 탁자의 남은 길이가 대략 3:5에서 4:6의 비례이다. 이것이 바로 미학에서 말하는 '황금비례'이다. 미학에서 황금비례는 아주 소중하다. 동시에 실생활에서도 유용하다. 그래서 물리학의 '균형'과 미학의 '균형'은 일치하는 점이 상당히 많다. 오른손으로 무거운 물건을 끌 때 왼손을 반드시 들어올려서 몸의 물리적 균형을 유지해야 한다. 이 자세는 회화에서도 균형이다. 병사 대열에서 '쉬어'를 하려면, 체중이 모두 왼쪽 다리에 걸려 있게 하고 오른쪽 다리를 비스듬히 한걸음 내디뎌 물리적 균형을 유지하게 해야 한다. 이 자세는 조각에서 역시 균형이다.

그래서 이른바 '다양한 통일', '황금률', '균형' 등 미의 법칙은 모두 '자연스러움'의 이치에서 벗어나지 않으며, 모두 사람들이 신의 뜻을 살펴보아서 얻은 규칙에 불과하다. 그래서 문학을 논하는 사람은 "문장은 본래 하늘이 이루는 것으로, 묘수는 우연히 얻는 것이다"라고 했고, 회화를 논하는 사람은 "하늘의 비밀은 붓과 먹의 밖에서만 얻게 된다"라고 했다. '아름다움'은 '신神'의 손으로 만들어지고, '신'으로부터 손을 빌려 아름다움을 만드는 사람이 예술가이다.

얼굴 顔面

1929년 2월 10일 『소설월보』 제20권 제2호에 게재되었다.
'자개'라고 서명하고,
끝에 '1928년 예수 성탄 열흘 전 강만ㄷ쯤 연연당에서'라고 적었다.
인민문학출판사가 출간한 『연연당수필』 초판에
'1929년작'이라고 잘못 기록되었다.

〈그림 5〉 무제

사람들이 얘기하고 토론하는 자리에선, 그들이 하는 말의 뜻을 들으려고 하기보단, 그 얼굴의 변화를 보는 게 훨씬 재미있다. 또한 얼굴의 변화를 통해 각각의 심리를 더 깊이 이해할 수 있기도 하다. 복잡미묘한 감정이라는 것이야말로 흔히 그저 어떤 의미를 내포한 말로 표현되는 게 아니라, '표정을 만드는' 얼굴에 역력하게 드러나기 때문이다. 그뿐만 아니다. 입으로는 "그렇소"라고 말하면서도 얼굴에는 명명백백 "아니오"란 것이 드러나는 괴이한 일까지 있다. 총명한 상대방 역시 그의 말을 듣고서가 아니라 그저 그의 안색만을 살펴봄으로써 그 심리를 정확하게 꿰뚫을 수 있다. 그러나 나는 결코 이 총명한 상대방이 되고 싶은 건 아니다. 나는 사람의 얼굴을 마치 하나의 조각판처럼 보는 것을 제일 좋아한다.

얼굴을 늘 보다 보면, 얼굴은 당연히 현재와 같아야 한다고 생각하게 된다. 그러나 자세히 응시하면, 얼굴은 참으로 이상한 것임을 느낀다. 누구나 똑같이 한 평면에 두 눈, 두 눈썹, 입 하나, 코 하나가 배열되어 있지만, 저마다 모양이 다르다. 같은 얼굴에도 또한 희, 노, 애, 락, 질투, 동정, 냉담, 음험, 당황, 부끄러움 등……. 천만 가지 표정이 있다. 사전에 수록된 감정과 관련된 형용사를 얼굴에서 모두 드러낼 수 있다. 그렇게 수많은 차이가 나는 원인을 따져보아도, 결국 몇 치 넓이 조각판에서의 모양과 색깔의 변화에 지나지 않는다.

오관五官을 놓고 보면, 얼굴 표정에서 아무런 소용이 없는 것이 귀라고 해야 할 것이다. '인류의 야수적 형상을 가장 잘 드러낸 것이 귀'라던 어떤 문학가의 말이 기억난다. 예전에 큰 종이를 한 장 갖다가 가운데에 둥글게 구멍을 내서 한 친구의 귀에 걸고, 오로지 귀만의 생김새를 본 적이 있었다. 한참 보고 있자니, 그게 귀라는 걸 모르고, 갈수록 무섭게 느껴졌다. 이는 아마 귀가 줄곧 구레나룻 뒤쪽에 숨어 있어 평소 얼굴 표정의 무대에 등장하지 않기 때문일 것이다. 오직 일본의 문학가 아쿠타카와 류노스케[芥川龍之介]만이 "조가비처럼 영롱하고 새하얗다"라며 중국 여인의 귀에 경의를 나타낸 적이 있다. 그러나 귀가 아무리 아름다워도 역시 구레나룻 뒤쪽에 자리한 옥란화[玉蘭花]라고나 할까, 장식물에 불과할 뿐, 표정하고는 아무 관련이 없다. 사실 귀는 얼굴의 주변에 자리잡고 있어, 단지 얼굴이란 부조 조각판의 두 고리 손잡이 정도나 될까, 부조판의 범위 안에 들지는 못한다.

얼굴이란 부조판 안에서, 얼굴 중의 북극성이라고 할 만한 것이 코다. 중앙에 떡 고정되어, 눈썹, 눈, 입 등이 한결같이 코를 중심으로 활동하며 갖가지 표정을 만든다. 눈썹은 위쪽에 위치하여, 형태는 비교적 간단하지만 눈과 표리 관계를 이루고 있어서, 눈의 반주자 역할을 한다. '얼굴 표정'의 주요 선율을 연주하는 주인공은 눈과 입이다. 눈과 입은 성질이 다르다. 고개지[顧愷之, 옛날 동진(東晉)시대 유명한 화가]는 "실감나게 그렸느냐 못 그렸느냐의 관건은 바로 눈에 달려 있다"고 말했다. 그래서 그는 사람을 그릴 때마다 몇 년 동안 차마 눈을 그려넣지 못했다고 한다. 이렇게 보자면, 가장 풍부하게 표정을 연출하는 것이 눈이다. 그러나 입도 만만치 않다. 초상화가 실제 그 사람을 닮았는지 아닌지가 흔히 입에 의해 결정되곤 한다. 분필로 칠판에 임의로 얼굴을 하나 그려놓고, 입의 모양, 크기, 두께, 곡선, 방향, 위치 등을 조금 바꿔보면, 갖가지 완전히 다른 표정이 나온다. 그러므로 얼굴 표정에서 눈과 입이 마찬가지로 중요하다고 나는 생각한다. 눈은 '색깔'과 관계가 있고 입은 '모양'과 관계가 있다. 눈은 그 위치를 옮기지는 못하지만, 푸른 눈, 하얀 눈……. 여러 색의 눈이 있다. 입은 비록 색은 없다지만, 오관 중에서 모양과 위치의 변화가 가장 다양하다. 얼굴을 하나의 가정으로 보면, 입은 남자, 눈은 여자이다. 두 가지가 항상 어울리며, 이 가정의 여러 생활 모습을 만들어낸다.

좀 더 깊이 들어가서, 얼굴 구조의 본질 문제를 생각해보면 어떨까? 신이 인간을 창조한 것이라고 가정하면, 신이 인간을 창조하면서 어떤 이치를 따라서 얼굴을 만들었을까? 아니면 임의로 만들었을까? 오관의 모양을 만들고 위치를 배열한 방법은 필연이었을까? 아니면 우연이었을까? 생리적으로 말하면, 아마도 실용의 원칙에 맞게 했을 게다. 이를테면 눈을 보호하라고 눈썹을 눈 위에 배치했다거나, 미각을 도우라고 코를 입

위에 배치했다거나……. 그러나 조형적으로 말하면, 꼭 그렇게 일률적일 필요가 있을까? 실용적으로도 편한 또 다른 배열법이 있었다면, 우리 역시 마찬가지로 그것이 얼굴임을 인정하고 그 표정을 알아볼 수 있었을 것이다. 갖가지 동물의 얼굴 역시 또 다른 실용적 원칙을 따라서 모양을 만들고 위치를 배열한 것이다. 그러나 우리는 동물의 얼굴에서도 마찬가지로 표정을 볼 수 있다. 동물의 얼굴은 근육이 대부분 잘 움직이지 않기 때문에, 사람 얼굴만큼 표정이 풍부하지 못할 뿐이다. 개의 얼굴을 자세히 보면, 갖가지 개의 생김새 또한 다르다는 것을 알 수 있다. 우리는 평소에 각 개의 차이를 말살해버리고, '개'라는 한 가지 개념으로 아우르곤 한다. 개의 개성을 존중하면서 심혈을 기울여 그 모습을 관찰하려는 사람을 만나기가 쉽지 않다. 내가 어린 시절 처음 상해에 가서, 서양 사람을 처음 보았을 때도 그랬었다. 그 얼굴이 그 얼굴인데다, 게다가 제복 입은 조계租界 경찰들은 두말할 나위가 없었다. — 어머니가 매년 상해에 한두 차례 오시는데, 서양 사람을 보실 때마다 "이 냥반 또 보는구만"이라고 말씀하신다. — 사실 서양 사람이나 인도 사람이 나를 보아도 아마 똑같을 것이다. 이는 각각 황인종 백인종 인종이 다르기 때문이다. 우리가 일본 사람이나 한국 사람을 볼 때는 이런 느낌이 없다. 이런 인종의 차이를 의식하지 않고 분별하려는 마음을 넓혀나가 금수禽獸까지 이른다면, 금수의 모습도 분별하여 알아볼 수 있다. 그래서 나로서는 사람 얼굴의 모양과 위치가 반드시 지금의 배열 방법대로여야 하는 건 아니며 우연히 이렇게 배열된 것일 뿐이라고 생각한다. 설령 다른 배열 방법으로 했다 해도 마찬가지로 표정이 있을 것이다. 다만 우린 현재 상태의 얼굴을 보는 것에 이미 오랫동안 익숙하여, 이런 얼굴의 표정을 분별하여 알아보는 능력이 특히 풍부하고 섬세하게 된 것일 뿐이다.

특별히 눈이 잘 훈련된 예술가, 특히 화가들은 얼굴 표정 식별력을 넓혀나가, 자연계 일체의 생물과 무생물에서도 갖가지 표정을 잘 본다. 이로부터 '의인화'의 시각이 생긴다. 복사꽃에서 웃는 얼굴을 보고, 연꽃에서 화장한 얼굴을 본다. 독일의 이상파 화가 보크린Bocklin은 파도를 묘사하면서, 큰 파도가 작은 물결을 삼켜버리는 것을 상징하여, 마왕이 연약한 여자를 따라가 덮치는 모습으로 그려냈다. 이건 '의인화'의 극치라고 할 수 있다. 화가가 아닌 보통 사람이라도, 얼굴 표정 보는 법을 일체 자연계에 응용하면 만물의 표정을 볼 수 있다.

어떤 아이 말을 들은 적이 있다.

"피아노 덮개를 여니까, 입 안 가득 가지런하고 새하얀 이가 보이는 누구누구하고 똑같네요."

"잉크병은 이웃집 뚱뚱한 아줌마 같아요."

나는 그 아이의 풍부한 조형 감성에 탄복했다. 아이는 어른에 비해 개념이 약하고 직관이 강하다. 그 래서 무얼 보면 의인화 인상이 더욱 많고, 만물의 진상 을 잘 본다. 예술가는 바로 아이의 이런 직관 감성을 배 운다. 예술가는 자연에서 생명을 봐야 한다. 풀 한 포 기 나무 한 그루에서 자기를 발견해야 한다. 그래서 동 화된 마음이 일체의 자연에 이르도록 넓혀가서, 일체의 자연을 정情이 있는 것으로 아울러야 한다.

이렇게 말하고 보니, 얼굴에만 표정이 있는 것이 아니다. 눈 밝은 사람의 눈에는 얼굴의 표정과 마찬가 지로 이름없는 모양, 의미없는 배열에도 모두 뚜렷하고 다채로운 표정이 있다. 중국의 서예가 바로 그 예이다. 서양의 현대 입체파 등 신흥 예술 또한 그 예가 아닐까?

자식 兒女

1928년 10월 10일 『소설월보』 제19권 제10호에 게재되었다.
'자개'라고 서명하고,
끝에 '무진년 위타천스칸다 성탄일에 석만에서 쓰다'라고 적었다.
인민문학출판사가 출간한 『연연당수필』 초판에
'1928년 여름 석문만 집에서 쓰다'라고 기록되어 있다.

〈그림 6〉세 자녀

넉 달 전이었다. 마치 죄수를 압송하듯, 새끼제비 같은 자식들을 갑자기 상해^{上海} 셋집에서 끄집어내 기차에 태워 고향으로 데려와 낮고 작은 단층집에 가두어 버리듯 떨궈놓고, 그대로 상해 조계^{租界}로 돌아가, 혼자 넉 달을 지냈다. 도대체 무슨 의도에서 그 행동이 나왔을까? 무슨 계획 때문이었을까? 이제 와서 회상하면, 내가 그랬다는 것을 나로서도 믿을 수가 없다. 무슨 의도나 계획이 있었다고 해도 모두 공허한 것이요, 스스로를 기만하는 것일 따름이다. 그래서 실제로 내 삶에 무슨 이익이 있었는가? 그저 몇 차례 기쁨과 슬픔의 감정만 들락날락했을 뿐, 세상사 번뇌만 더해지고 마음의 상처만 더해졌을 뿐인 것을!

혼자 상해로 돌아가 텅 비어 적막한 셋집에 들

어섰을 때, 『능엄경』의 한 구절이 끊임없이 떠올랐다. "시방세계 허공이 네 마음속에 있어, 마치 흰 구름이 넓디 넓은 하늘 속에 점을 찍고 있듯, 하물며 모든 세계가 허공에 있음에랴!"

저녁에 방을 정리하고, 주방에 남아 있던 바구니, 그릇, 장작, 쌀 등과 그밖에 3년 동안 그 집에서 살며 사용했던 이런저런 세간들은 내 잡무를 도와주던 이웃 조그만 가게집 아들에게 모두 줘버렸다. 오직 낡아다 떨어진 애들 신발 네 켤레만 (무슨 까닭에서인지) 처분하지 않고, 침대 아래쪽에 가지런히 정렬해두었다. 그 신발들을 볼 때면 뭐라고 표현못할 일종의 유쾌함을 종종 느끼기도 했다. 며칠 뒤 이웃 친구들이 찾아와, 침대 밑에 놓아둔 그 조그만 신발들이 왠지 음산하게 느껴진다고 말했다. 그제서야 비로소 자신의 바보스런 행태를 깨닫고 그것들을 갖다 버렸다.

친구들은 내가 자식에게 관심이 있다고 말한다. 확실히 나는 자식에게 관심이 있고, 혼자 생활하면 염려할 때가 더 자주 있다. 그러나 나의 그런 관심과 염려는 아버지로서의 본능 외에 더 강렬한 어떤 맛을 더해주는 것으로부터 나오는 듯도 하다는 생각이 든다. 그래서 나는 왕왕 그림이나 글재주가 못났음에도 아랑곳하지 않고 문득문득 자식들을 묘사한다. 제일 큰 아이도 아홉 살에 불과하여, 자식들이 모두 어리기 때문에, 자식들에 대한 내 관심과 염려에는 어느 정도 아이들에 대한 — 세상 모든 아이들에 대한 — 관심과 염려가 담겨 있다. 그 애들이 성인이 된 뒤에 나는 어떻게 대할까? 지금으로서는 나 자신도 알 수 없다. 다만 그때는 더 이상 그런 맛이 없을 것이므로, 틀림없이 지금과는 다르리란 것만큼은 미루어 알 수 있다.

지난 넉 달 동안의 유유자적 한가롭고 조용했던 혼자 생활을 회상해보면, 나로서도 자못 그립기도 하고, 고맙기도 하다. 그러나 일단 고향의 단층집에 돌아와 한 무리 자식들에게 둘러싸여 있게 되니, 또한 나도 모르게 마음이 아프다. 천진난만하고, 건전하고, 살아 약동하는 아이들 생활에 비하면, 단정히 앉아 묵상에 잠기기도 하고, 이것저것 찾아보고 연구하기도 하고, 사람들과 그럭저럭 어울리기도 했던 그때 나의 생활이란 것은 분명히 변태적이고, 병적이고, 비정상적이었다.

어느 더운 여름 오후, 나는 집에 돌아왔다. 다음날 저녁, 아홉 살 아보阿寶, 일곱 살 연연軟軟, 다섯 살 첨첨瞻瞻, 세 살 아위阿韋 등 네 아이들을 데리고 마당의 홰나무 그늘 밑으로 가, 땅바닥에 앉아 수박을 먹었다. 해질 무렵 붉은 노을 속에서, 뜨거운 태양의 붉은 기운이 점점 사그라들고, 시원한 저녁의 푸른 빛이 점점 짙어지기 시작했다. 가느다란 실 같은 아이들의 머리카락이 미풍에 살랑살랑 흔들리고 어느덧 몸의 땀기가 모두 사라져 온갖 상쾌함이 밀려오자, 아이들은 삶의 기쁨이 넘친 듯, 어떻게든 그 기쁨을 드러내고 싶었던 모양이었다. 첫 번째는 세 살짜리 아이의 음악적 표현이었다. 너무나 만족한 나머지 몸을 흔들며 히히 웃으며, 입으로 수박을 씹으면서, 고양이가 무언가를 훔쳐 먹을 때처럼 소리를 냈다.

"니암 니암ngam ngam"

이 음악적 표현에 다섯 살짜리 첨첨이 즉각 호응하고 나서서, 자기 시를 발표했다.

첨첨이 수박을 먹는다.

보누나가 수박을 먹는다.

연연이 수박을 먹는다.

아위가 수박을 먹는다.

이 시적 표현이 또한 일곱 살짜리와 아홉 살짜리의 산문적, 수학적 재미를 불러일으켰다. 둘은 즉각 첨첨의 시의 뜻을 귀결하여, 그 결과를 보고했다.

네 명이 수박 네 조각을 먹는다.

나는 심사자가 되어, 아이들 작품을 내 마음속으로 평가했다. 세 살짜리 아위의 음악적 표현이 가장 깊이있고 완벽하다. 자기 기쁜 감정을 있는 그대로 가장 잘 표현했다. 다섯 살짜리 첨첨은 아위의 기쁜 감정을 (자기의) 시로 번역했다. 이미 한 단계 걸른 것이다. 그러나 그래도 리듬과 가락의 요소가 담겨 있어, 살아 도약하는 생명이 넘친다. 앞의 둘에 비교하면 연연과 아보의 산문적, 수학적, 개념적 표현은 한층 얕은 표현이다. 그러나 그들의 밝고 지혜로운 마음의 눈만은 어른보다 훨씬 완전하여, 온 정신을 수박 먹는 한 가지 일에 몰입시켰다. 이 세상에서 가장 건전한 마음의 눈은 오직 아이들만의 소유물이다. 오직 아이들만이 세상 만물의 진상을 가장 명확하고 완전하게 볼 수 있다. 그들에 비하면, 참된 마음의 눈이란 것이 이미 세상의 먼지에 뒤덮

히고 잘리고 부서진 나는 가련한 불구자일 뿐이다. 실로 나는 감히 그들로부터 '아버지'라는 호칭을 들을 수 없다, '아버지'는 존경의 대상이어야 한다면…….

단층집 남쪽 창 밑에 작은 책상을 임시로 갖다 놓고, 책상 위에 원고지, 편지함, 붓과 벼루, 먹물병, 풀병, 시계, 찻쟁반 등을 질서정연하게 배열해놓았다. 나는 다른 사람이 그 물건들을 임의로 옮겨놓는 것을 싫어한다. 이건 내가 혼자 살 때의 습벽이었다. 나의 — 우리 어른의 — 평상시 행동거지는 늘 신중하고, 조심하고, 단정하고, 점잖다. 이를테면 먹을 갈고, 붓을 놓고, 차를 따르는 등 모든 일에 조심조심한다. 그래서 책상 위의 배치가 파괴되거나 흐트러지지 않고, 매일 그대로다. 내 손과 발의 근육 감각이 이미 누차 물리적 훈련을 받아서 어떤 조심하는 관성이 깊이 키워졌기 때문이다.

그러나 아이들이 내 책상에 올라갔다 하면, 나의 질서를 어지럽히고, 내 책상 구도를 파괴하고, 내 물건을 훼손한다. 만년필을 들고 휘둘러대 탁자나 옷에 온통 잉크 방울을 뿌리기도 하고, 붓끝을 풀병 속에 담그기도 하고, 구리 붓두껍을 힘껏 열어젖히다가 찻주전자에 손등이 부딪쳐 주전자 뚜껑이 바닥에 떨어져 깨지기도 하고……. 나는 참을 수가 없어 당장 소리를 지르고, 아이들이 손에 쥔 물건을 빼앗기도 하고, 심지어 **뺨**을 때리려고 하기까지 한다. 그러나 즉시 후회한다. 소리를 질렀다가는 즉각 웃고, 빼앗은 뒤 즉각 배로 돌려주고, **뺨**을 때리려고 가던 손은 중간에 부드러워져 때리려던 손이 결국 쓰다듬는 손으로 변한다. 즉각 내 자신의 잘못을 깨닫기 때문이다. 아이들의 행동거지가 나 자신과 똑같으라고 요구하는 것이 얼마나 잘못된 것인가! 나의 ─ 우리 어른의 ─ 행동거지가 조심스러운 것은 신체와 수족의 근육 감각이 이미 현실의 갖가지 압박을 받아서 무디게 길들여졌기 때문이다. 아이들은 아직 천부적인 건전한 신체와 손발과 참되고 순박한 살아 도약하는 원기를 보존하고 있다. 어찌 우리 어른처럼 굽히라고 하겠는가? 단정하게 허리 굽혀 인사하고, 조심조심 행동하고, 규정에 맞추어 걷고 하는 등의 어른의 예절은 마치 수갑이나 족쇄와 같아서, 아이들의 천부적인 건전한 신체와 손발을 하나같이 해치는 것이다. 이로 인해 살아 도약하던 사람의 수족이 점점 마비되어 반신불수의 불구자로 변해가는 것이다. 불구자가 건전한 자에게 자기와 똑같은 행동거지를 요구하다니, 이 얼마나 잘못된 것인가!

나와 자식의 관계는 어떠한가? 나는 미리 그들의 아버지가 될 준비를 하고 이 세상에 온 게 아니었다. 그래서 어찌 된 것인지 항상 궁금하고, 너무나 이상하다고 느끼기도 한다. 나는 그들과 (현재) 완전히 다른 세계 사람이다. 그들은 나보다 훨씬 총명하고 건전하다. 그런데 그들은 또 내가 낳은 자식들이다. 이 얼마나 묘한 관계인가! 세상 사람들은 슬하에 자식이 있는 것을 행복으로 생각하고, 자식이 영원히 자기를 이어가길 희망한다지만, 사실 나는 그 심리를 이해하지 못한다. 이 세상의 인간 관계 중에서 가장 자연스럽고 합리적인 건 친구관계라고 생각한다. 아주 자연스럽고 합리적으로 이루어진다면, 군신, 부자, 형제, 부부간의 정이라는 것도 넓은 의미에서 우정과 다를 것이 없다고 본다. 그래서 우정은 사실 모든 인간 관계에서 정의 기초이다. "벗이란 같은 부류이다[朋, 同類也]"라는 말이 있다. 대지에서 길러지는 사람은 모두 같은 부류인 벗이요, 모두 대자연의 자식이다. 세상 사람들은 '큰부모'를 망각하고, 그저 '작은 부모'만 있는 줄 알고, 부모가 자식을 낳았고 자식은 부모가 낳은 것이므로 자식은 영원히 부모를 이어가 영원히 존재하게 해야 한다고 생각한다. 그래서 자식이 없으면 하늘은 왜 자기를 외면하느냐고 탄식하며, 자식이 있으면 있는 대로 못났다고 자신의 운명을 마음아파하며, 미친 듯 술잔을 들이키곤 한다. 사실 저 하늘이 똑같이 낳아서 기르는 자식들 중에서 누구에게는 박하고 누구에게는 후하겠는가! 나는 정말 그들의 심리를 이해하지 못하겠다.

요즘 네 가지가 내 마음을 사로잡고 있다. 하늘의 신神과 별, 인간 세상의 예술과 아동이다. 이 새끼제비 같은 자식들, 이들은 인간 세상에서 나와 가장 인연이 깊은 아동이다. 그들은 내 마음속에서 신, 별, 예술과 더불어 동등한 자리를 차지하고 있다.

한거 閑居

1927년 7월 10일 『소설월보』 제18권 제7호에 게재되었다.
'자개'라고 서명하였다.
인민문학출판사가 출간한 『연연당수필』 초판에
'1926년작'이라고 기록되어 있다.

〈그림 7〉 연구

'한가하게 있다[閑居]'고 하면, 생계 측면에서 사람들은 불행하다고 여긴다. 하지만 정취 측면에서는 가장 쾌적하다고 나는 여긴다. 만약 국민당 정부가 "한가하게 있게 되면 반드시 하루 종일 자기 방에 연금되어 있어야 한다"는 법률을 새로 제정한다면, 나도 일하러 나가고 싶지 않으니 차라리 한가하게 연금되어 있겠다.

방 안에 있으면 자유롭게 즐길 것이 아주 많다. 만약 방을 그림 한 폭으로 본다면, 그 배치는 그림에서의 배치와 같다. 예를 들어 서재라면, 주인의 자리는 전체의 주안점으로, 마치 그림에서 중심점middle point과 같아서, 화폭 전체에서 가장 중요한 자리에 있어야 한다. 그외 책꽂이, 책상, 의자, 등나무 평상, 화로, 벽장식, 자명종 그리고 타구, 종이봉투 등에 이르기까지 각각 주안

점을 중심으로 배치하여 전체의 초점이 주인의 자리에 집중되도록 해야 한다. 마치 그림 속의 부속물, 배경 등이 모두 주제물을 호위하여 주제물을 드러내는 작용을 해야 하는 것과 같다. 이렇게 적절하게 되고 나서 사람이 그 안에 있으면 정신이 자연스럽게 안정되고 집중되어 쾌적하다. 이건 누구나 아는 것이고 누구나 자유롭게 즐길 수 있는 것이다. 혹자는 자기 방 배치를 따지지 않기도 하지만, 배치가 아주 잘 된 방에 들어가면 틀림없이 누구나 쾌적함을 느낄 것이다. 이를 통해 사람은 누구나 감상을 할 수 있다는 것과 감상은 바로 피동적 창작이라는 것을 알 수 있다. 그러므로 이것은 누구나 아는 것이고 누구나 자유롭게 즐길 수 있다고 할 수 있다.

나는 가난하고 볼품없는 내 서재에서 종종 이 놀이를 하는 것을 좋아한다. 조잡한 가구 몇 개를 여기저기 옮겨 놓아본다. 한 달 중 여러 번 옮긴다. 타구를 한 치도 더 이상 옮길 수 없고 대야 틀을 1도도 더 이상 돌릴 수 없을 때까지 옮기고 나서야 아주 적절한 위치가 나타난다. 그때 나는 주안점이 되는 자리에 앉아서 상하와 사방을 둘러보며 모든 것에 군림한다. 마치 백

관이 천자를 향하듯, 모든 별이 북극성을 향하듯, 모든 것이 나를 향해 우러르는 듯한 느낌이요, 모든 것이 나를 위해 맡은 바 직분을 다하는 듯한 느낌이다. 벽에 박힌 작은 못 하나도 가만 보면 적절한 위치에 자리잡아 전체의 유기적 일원인 듯하고 나를 위해 맡은 바 임무를 다하는 듯하다. 나는 이 천하를 통솔하면서 남면한 왕의 기개를 상상하면서 며칠 동안 쾌적을 얻는다.

한번은 내 방에 한거하면서 자명종 때문에 유쾌했던 적이 있다. 자명종이라는 이 물건은 도회지에서는 없는 곳이 거의 없고 안 가진 사람이 거의 없다고 할 수 있다. 그러나 그 얼굴 거죽은 너무 많이 봐서 참으로 몹시 지겨웠다. 로마자로 쓰인 것은 그나마 보기 좋다고 쳐주겠는데, 내 방에 있는 것은 굵고 크게 숫자로 써진 것이었다. 수학에 쓰이는 숫자 아홉 개는 보기만 하면 가장 머리가 아프다. 누가 매일 수학을 하기를 원한단 말인가! 어느 날, 아마 한가로왔던 나날 중 어느 하루, 나는 벽에서 자명종을 내려, 유화물감으로 얼굴 거죽을 하늘색으로 칠하고, 초록빛 버드나무 가지를 몇 개 그려넣고, 딱딱한 검은 종이로 제비 두 마리를 오려서 두 바늘 끝에 풀로 꼭 붙였다. 이렇게 하니 제비 두 마리가 버드나무 사이로 쫓고 쫓기며 날아다니는 둥근 액자 유화로 변신했다. 세 시 이십몇 분, 여덟 시 삼십몇 분 등 시각에 그림의 구도가 매우 적절했다. 제비 두 마리가 전체 화폭에서 딱 알맞게 약간 치우친 위치에 있으면서 함께 나는 모습이라 화면이 균형을 유지하는 상태였기 때문이다. 숫자가 없어도 시각을 알아보기는 쉽다. 바늘이 위로 수직이면 열두 시, 아래로 수직이면 여섯 시, 왼쪽으로 수평이면 아홉 시, 오른쪽으로 수평이면 세 시이다. 이것은 원주를 네 쿼터로 나누었기 때문으로, 육안으로도 판별하기 아주 쉽다. 한 쿼터를 고르게 세 칸으로 나누면 긴 바늘 5분 거리이다. 이것은 정확하기가 그다지 쉽지는 않다. 그러나 오차가 아무리 커도 1~2분을 넘지 않는다. 천문대, 전신국, 기차역 등이 아닌 바에야 사람들이 집안에서 1~2분 이르거나 늦는 것이 어떻단 말인가! 눈썰미가 좀 있으면, 익숙하게 보노라면 사실 30초까지도 분명하게 구분할 수 있다. 이 자명종은 지금 내 방에 아직도 걸려 있다. 이제 그동안 익숙해져서 특별히 신선감은 없지만, 지겹지는 않다. 벽에 걸려 있는 그건 오로지 실용적 용도인 자명종일 뿐만이 아니라 한 폭의 유화로 볼 수 있기 때문이다.

공간 이외, 한가하게 있을 때 나는 또한 하루 생활의 상황을 음악에 비유하는 것을 좋아한다. 하루 생활을 악곡이라고 하면, 그 경과 과정은 악장movement의 이동과 같다. 하루 중 아침에 날씨가 맑은지 비가 오는지, 추운지 따뜻한지, 일이 어떤 상태인지 등이 제1악장의 시작과 같아서, 전체 악곡의 근간이 되는 주제theme를 우선 연주한다. 하루 생활에서 예를 들어 각종 사무의 분주함, 의외의 사건 발생, 좋은 일 나쁜 일 발생 등은 마치 악곡에서 장음계대음계에서 단음계소음계로 변하고, C조에서 F조로 변하고, 아다지오adagio에서 알레그로allegro로 변하는 것과 같다. 긴긴 대낮 한가롭고 평안무사하면 시종 C조 안단테의 장대한 악장과 같다. 기후로 얘기하자면, 봄은 멘델스존이고, 여름은 베토벤이고, 가을은 쇼팽, 슈만이고, 겨울은 슈베르트이다. 이것 역시 어느 누구라도 느낄 수 있고 어느 누구라도 알 수 있다. 어떤 기관이나 단체에서 어떤 일을 하는 사람이든 흐리고 비오는 날에 일을 하라고 하면 틀림없이 맑은 날만큼 힘차고 흥겹고 적극적이지 못할 것이다. 날씨가 어떻든 상관없이 매일 똑같이 일하는 사람은 사람이 아니라 기계임이 틀림없다. 우리집 뒷문 쪽에서 취두부말랭이를 파는 강북 사람을 봐도 그렇다. 요즘 연일 가을비가 오자, 그가 외치는 소리도 덩달아서 낮고 느리고 둔해져서, 한달 전 뙤약볕 아래서 외치던 열정적이고 카랑카랑한 "취두부말랭이 사세요!" 소리에 훨씬 못 미친다.

從孩子得到的啓示

아이에게 얻은 계시

1927년 7월 10일 『소설월보』 제18권 제7호에 게재되었다.
'자개'라고 서명하였다.
인민문학출판사가 출간한 『연연당수필』 초판에
'1926년작'이라고 기록되어 있다.
첫 번째 이야기에서 1927년 북벌전쟁 때 피난을 간 연대와
두 번째 이야기에서 세 아이의 나이당시에는 허수 나이 사용에 근거하여,
이 글을 쓴 때는 1927년으로 보아야 한다.

〈그림 8〉 아빠가 없을 때

1

묵은 술을 저녁에 세 잔 마셨더니 책도 보고 싶지 않고 잠도 자고 싶지 않아서, 네 살짜리 아이 화첨을 붙잡아 무릎에 태우고 즐거운 시간을 보내기로 했다. 나는 되는 대로 물었다.

"뭘 제일 좋아해?"

화첨은 고개를 치켜들고 잠깐 생각하는가 싶더니 대답했다.

"피난."

나는 조금 기이했다. 화첨이 '피난'이란 두 글자 뜻을 알고 있었을 리 없건만, 왜 꼭 그걸 선택하려고 했을까? 만약 뜻을 알고 있었다면 좋아했을 리가 더욱 없다. 그래서 나는 이리저리 탐문을 했다.

"피난이 뭔지 알아?"

"아빠, 엄마, 보寶 누나, 연연軟芳…… 이모, 모두 차타고 큰 배 구경하러 가는 거지."

아! 화첨에게 '피난'의 관념은 이것이었구나! 그가 본 '피난'은 '피난'의 그런 측면이었구나! 이는 정말 가장 좋아할 만한 일이로구나!

한 달 전, 상해가 아직 손전방孫傳芳 휘하에 속해 있던 시절, 국민혁명군이 상해에 도착할 거라는 소식이 나날이 긴박하게 전해졌다. 평소 신문을 보지 않던 나도 그때는 『시사신보』를 한 부 구독하여 매일 아침 한 번 훑어보았다. 어느 날, 전날 신문을 보면서 그날 신문을 기다리고 있었는데 갑자기 상해 방향에서 총포 소리가 들렸다. 모두 대경실색하여 즉시 이웃에게 연락해서 노약자를 부축하고 근처 부녀아동구호소로 달아나 숨었다. 사실 만약 그곳이 정말로 전쟁터가 되었다면, 혹은 패전을 했다면, 부녀아동구호소도 우리를 구호하지 못했을 것이다. 하지만 당시 허둥지둥 어찌 할 바를 모르던 상황에서 누군가 이 방법을 제안하여 모두 그곳이 안전지대라고 가정하여 그곳으로 도망하여 들어간 것이다. 면적이 꽤 큰 그곳에는 화원, 가산假山, 작은 냇물, 정자, 곡란曲欄, 장랑, 화초, 백조 등이 있어서, 아이들은 들어가자 마자 여기저기 올라다니고 뛰어다니며 마치 신천지에 들어온 듯 즐거워했다. 갑자기 군용차가 담 밖에서 쿠르릉 지나가고 상해 쪽의 기관총 소리 포 소리가 갈수록 가까와지고 잦아졌다. 모두 가만히 앉아서 들어보고 생각하고 나서 비로소 그곳은 안전지대가 아니고 애초에 스스로를 속인 것에 불과하다는 것을 깨달았다. 결단력 있는 사람은 먼저 나가 차를 세내서 조계로 달아났다. 한무리 한무리 나갈 때마다 안에 남은 사람에게는 두려움이 더해졌다. 이웃을 모아서 상의하여, 우리도 나가서 차를 세내 양수포楊樹浦의 호강대학滬江大學으로 달아나기로 결정했다. 그래서 즉시 어린 아이들을 가산, 난간 등지에서 붙잡아 차 안에 태우고 나는 듯이 양수포로 갔다.

호강대학으로 달아나기로 결정한 이유는 첫째, 이웃 사람이 그 학교와 잘 아는 사이였고, 둘째, 그 학교는 외국인이 운영하는 학교여서 비교적 안전하기 때문이었다. 총포 소리가 갈수록 약해져서 들리지 않게 되었을 때쯤 우리 차는 이미 호강대학에 도착했다. 학교에서는 방 하나를 마련하여 우리더러 묵게 했고, 또한 우리를 위하여 음식을 마련해주었다. 저녁 무렵 내가 학교 옆 황포강변의 잔디 제방에 앉아 구름과 강물을 참담하게 바라보며 머나먼 옛집을 그리워할 때, 많은 아이들은 꽃을 따거나 잔디에 눕기도 하고, 무수한 범선과 기선이 지나가는 것을 다투어 바라보면서 마치 또 신천지에 들어온 듯 즐거워했다.

다음 날 내가 한 이웃 사람과 함께 걸어서 옛집에 가 상황을 알아보니, 청천백일기가 이미 새벽 바람에 펄럭이고 있고 사람마다 얼굴에 희색이 가득하여, 이제부터 평화를 경축해도 될 것 같았다. 우리는 차를 세내서 피난간 가족을 데리고 돌아와 창문을 다시 열고 우리 생활을 되찾았다. 이로부터 '피난'이란 두 글자가 집안 사람들이 이야기하는 소재가 되었다.

이것이 '피난'이었다. 이 얼마나 놀랍고 두렵고 당황스럽고 긴장되며 걱정스러운 경험인가! 그러나 사람도 물건도 하나도 피해를 입지 않고 그저 한 차례 괜히 놀라기만 하여, 지나고 나서 회상해보니 마치 온 식구가 갑자기 집을 나서서 이틀 동안 유람을 즐긴 것 같았다. 만약 내가 예언자였다면, 그래서 그때는 괜히 놀라는 것임을 알았다면, 내가 피난갈 때 얼마나 재미있었을까! 온 식구가 놀러 나갈 기회를 얻기도, 차를 타고 유람하고 세상 구경하는 기회를 얻기도 평소 매우 힘들었다. 그날 시간도 비용도 따지지 않고 그렇게 낭만적이고 호쾌하고 통쾌하게 유람을 거행한 것은 실로 인생에서 좀처럼 있기 힘든 통쾌한 일이다! 오직 어린 아이들만 진정으로 이런 통쾌한 맛을 느낄 수 있다! 아이들은 피난갔다 돌아오고 나서 종종 담배갑으로 난간, 다리, 자동차, 기선, 범선 같은 것을 접기도 하고, 종종 내게 기선, 범선에 대해 묻기도 하고, 담벼락이나 문에는 종종 유색 분필로 그린 기선, 범선, 정자, 돌다리 등의 벽화가 나타나곤 했다. 그때 '피난'이 아이들 머리 속에는 잊지 못할 즐거운 인상으로 남아 있다는 것을 알 수 있다. 그래서 오늘 저녁 내가 화첨에게 뜬금없이 뭘 제일 좋아하냐고 묻자 화첨은 즉각 '피난'을 선정한 것이다. 화첨이 본 것은 '피난'의 그런 점이었던 것이다.

이것뿐만이 아니다. 우리가 계산하고 비교하고 서로 가지려고 다투는 동전이라는 것도 아이들이 보기에는 하얀 은에 부조를 새긴 흉장일 따름이다. 바쁘게 지나다니는 행인이나 땀을 뻘뻘 흘리는 노동자들도 아이들이 보기에는 아무 목적없이 놀고 있는 것이고 연극을 하고 있는 것이다. 모든 건설이나 현상들이 아이들이 보기에는 대자연의 작품이요 장식이다.

아! 오늘밤 나는 이 아이의 계시를 받았다. 이 아이는 세상 사물의 인과관계의 그물을 벗기고 사물 자체의 진상을 보았다. 이 아이는 창조자이다. 모든 사물에 생명을 부여할 수 있다. 아이들은 '예술'이라는 국토의 주인이다. 아, 나는 그에게 배워야겠다!

2

두 아이, 여덟 살 아보阿寶와 여섯 살 연연이 둥근 걸상을 뒤집어 놓고 세 살짜리 아위阿韋더러 안에 앉게 했다. 두 아이가 아위를 가마 태우려는 것이다. 누군가의 실수인지 모르지만 가마가 뒤집어졌다. 아위가 바닥에 쿵 하고 머리를 부딪쳐 울기 시작했다. 유모가 황급히 와서 안아 일으켰다. 두 가마꾼은 곁에 서서 멍하니 바라보았다. 유모가 물었다. "누가 잘못한 거야?"

아보가 말했다. "연연이 잘못한 거야."

연연이 말했다. "아보가 잘못한 거야."

아보가 또 말했다. "연연이 잘못한 거야, 나는 잘했단 말이야!"

연연도 말했다. "아보가 잘못한 거야, 나는 잘했단 말이야!"

아보가 울면서 말했다. "나는 잘했단 말이야!"

연연도 울면서 말했다. "나는 잘했단 말이야!"

두 아이의 말이 '잘못한' 것에서 '잘한' 것으로 옮겨갔다. 이미 젖을 먹이던 유모는 두 아이가 우는 것을 보고 옆에서 달랬다.

"다 잘했어, 아보도 잘했고, 연연도 잘했고, 가마가 잘못한 거지!"

이 말을 들은 아이들은 바닥에 뒤집어진 가마를 보고 각각 손등으로 자기 눈을 비비더니 가버렸다.

아이들은 정말 바보같다. 그저 '나는 잘했다'는 말만 하고, 겸양을 모른다.

그래서 어른은 아이들을 '동몽童蒙', '동혼童昏'이라고 부른다. 만약 어른이었다면 틀림없이 겸양의 방법을 알아서, 마음속으로는 자기가 잘했고 다른 사람이 잘못한 것을 분명히 알면서도 입으로는 그저 은미하게 혹은 완곡하게 표현해서, 사람들이 보고 자각하게 한다. 이렇게 해서 겸손하다느니 총명하다느니 지혜롭다느니 하는 미명이 모두 내 것이 되게 한다.

사실대로 말하자면, 어른 역시 모두 '내가 잘했다'고 생각한다. 다만 어른은 겸양이라는 방법을 알아서 아이처럼 직설적으로 말하지 않을 뿐이다. 가장 교묘한 겸양 방법은 자기가 잘했다고 직설적으로 말하지 않을 뿐 아니라 일부러 자기가 잘못했다고 말하는 것이다. 조근조근 이치와 경우를 늘어놓아 군왕을 설득하고 말리려는 것이 분명한데 꼭 "신이 비록 어리석기 짝이 없습니다만"이라고 말한다. 자기 생각을 펼쳐놓아 정의를 변론하거나 불량하고 어리석은 것을 꾸중하고 훈계하는 것이 분명한데 표면상으로는 늘 자기는 '지혜롭지 못하다'느니 '영민하지 못하다'느니 '어리석다'고 말한다. 이것이 습관이 되어, '어리석다'는 뜻의 글자 '우愚'는 결국 일인칭 대명사가 되어, '나我'를 지칭할 때는 모두 '우愚'를 쓴다. 자기가 옳다고 믿고 적나라하게 남을 꾸짖는 글에서도 옳은 자기 자신을 '우愚'라고 지칭하고 꾸짖음당하는 사람을 '인형仁兄'이라고 지칭하는 것을 흔히 볼 수 있다. 이런 모순은 형식적 측면에서 보면 해학적이고 의미적 측면에서 생각하면 허위이고 음험하다. '해학', '허위', '음험'은 어른이 아이를 평하는 이른바 '몽蒙', '혼惛'과 비교하면 훨씬 추한 것이다.

원래 누구나 '자기'를 중시한다. 자기가 '살고生' '잘하려고好' 하는 것은 원래 보편적 생명의 공통된 큰 욕구이다. 방금 아보와 연연이 아위를 가마 태우려다 가마가 뒤집어지고 아위가 넘어져 아팠던 것에서 누가 잘하고 누가 잘못했는지는 잠시 따지지 않더라도, 자기가 '잘하려고' 했던 것을 나타내는 수단은 철저하게 성실하고, 순결하고, 비허위적이다.

아이는 '어리석다고' 나는 줄곧 여겨왔다. 오늘 이 일을 보고 우리 스스로가 어리석었다는 것을 문득 깨달았다. 곰곰히 생각해보면, 아이들은 늘 성실했고, '자기 마음 그대로 말했다'. 그런데 우리는 어떤가, 하루라도 '자기 마음 그대로 말하지 않는' 악덕을 범하지 않는 날을 찾기가 힘들다.

아! 우리는 본래 아이들처럼 그랬었는데, 누가 우리를 이렇게 만들었나?

天的文學

하늘의 문학

1927년 7월 10일 『소설월보』 제18권 제7호에 게재되었다.
'자개'라고 서명했다.

〈그림 9〉 크기가 똑같네

밤 아홉시 반 이후, 아이들은 모두 이미 깊이 잠들었고, 다른 사람이 더 이상 나를 찾아올 리 없다. 이 시간이 바로 나 자신의 시간이다.

늘 그렇듯 차 한 잔 마시고, 대학표^{일본 오사카 삼천당(參天堂) 약방 생산 안약 상표} 안약으로 눈을 씻어내고, 담배 한 개피 불 붙이고, 책꽂이에서 성좌도를 한 장 꺼내, 별을 보러 살그머니 문 앞 광장으로 갔다.

담배 한 개피가 필요하다. 별자리 위치를 뚜렷이 알아볼 수 없을 때, 담뱃불을 등불 삼아 성좌도에서 찾아볼 수 있다.

국자 모양 북두칠성 국 뜨는 부분이 가라앉고 손잡이만 보일 무렵이 되어서야 나는 방으로 돌아가 『천문학』 책을 가져다 펼쳤다. 연필로 종이에 계산을 해보았다. 지구 한 바퀴는 72,000리이고, 빛은 1초마다 지구를 일곱 바퀴 돌고, 즉 1초마다 504,000리를 가고, 한 시간은 3,600초이고, 하루는 86,400초이고, 1년은 311,040,000 _{계산 착오, 31,536,000이어야 함}초이니, 빛이 1년 동안 가는 거리는 504,000 곱하기 311,040,000리로, 이것이 1광년의 거리이다. 지구에서 직녀성까지의 거리가 10광년, 견우성까지의 거리가 14광년, 큰곰자리의 성운까지 가려면 1천만광년이 걸린다……. 여기까지 계산하자 갑자기 머리가 아프고 손에 쥔 연필이 움직일 수 없을 만큼 무거워서 더 이상 계산할 정신이 없었다. 그리하여 연필을 내려놓고, 종이를 내던지고, 침대에 누웠다.

나는 침대에 누워 베개를 베고 창 밖의 별, 실을 뽑는 듯한 은하, '가을밤의 여왕' 직녀, 남왕南王 등의 북적함을 엿보았다. 아, 가을밤의 성장이로구나! 나는 머리 아픈 걸 잊었다. 내 머리 속에서 조화朝華의 시구가 떠올랐다.

직녀성 밝은 별 베갯머리 찾아오니,

이 몸 인간세계에 있는 것이 아님을 알겠구나.

마치 즉각 몸이 깃털처럼 가벼워져 별자리 사이를 날아다니는 듯했다.

나는 은하수 물결을 굽어보고, 직녀의 외로운 집을 방문하고, 카리스트 여신이 변신한 큰곰을 위로하고 ……. "지구, 안녕!" 오늘밤 나는 은하수 가와 견우 직녀 북두칠성 사이를 거닐어야겠다.

다음 날 새벽에 일어나니, 어젯밤 별세계를 느긋하게 다녔던 기억이 내 머리 속에 뚜렷하게 남아 있었다. 그러나 어젯밤 두통 또한 여운을 남기고 있었다.

나는 생각했다. 몇만 리 몇억 리, 몇천만 년, 그런 것을 계산해서 뭐하나, 천문天文은 본래 '하늘의 문학'인데, 누가 계산이나 하라고 했단 말인가!

도쿄에서 어느 저녁 있었던 일

東京某晚的事

1927년 7월 10일 『소설월보』 제18권 제7호에 게재되었다.
'자개'라고 서명했다.
인민문학출판사가 출간한 『연연당수필』 초판에
'1925년작'이라고 기록되어 있다.

〈그림 10〉 이상한 그림자

도쿄[東京]에서 어느 날 저녁에 조그만 일이 하나 있었다. 그런데 그 일을 영원히 잊을 수가 없다. 게다가 그 일은 늘 뭔가를 동경하게 하곤 한다.

　어느 여름 저녁, 황혼이 깃들 무렵, 같은 집에서 하숙하던 중국인 너덧 명이 진보쵸[神保町]까지 산보하기로 했다. 도쿄의 여름 밤은 시원했다. 모두 유쾌한 기분으로 문을 나섰다. 일본 옷을 입은 몇몇의 소매가 바람에 더 한층 살랑거려서, 이리저리 거닐자니 너무나 편안하고 한가로운 분위기였다.

　한담을 나누며 천천히 거닐며 교차로까지 다다랐을 때, 갑자기 모퉁이에서 한 구부정한 노파가 돌아나오고 있었다. 노파는 무언가 큰 물건을 두 손으로 옮기고 있었다. 아마도 바닥에 까는 자리였거나 아니면 종이창 틀이었던 것 같다. 마치 인사하듯 허리를 굽힌 채 대로로 돌아나오고 있었다. 노파는 우리와 같이 대로를 걷게 되었다. 걸음이 느려서, 우리 뒤를 따라오는 꼴이었다.

나는 맨 앞에서 가던 중이었다. 우리가 한담을 나누는 말투와는 다른 일본어 말투가 갑자기 뒤에서 들려왔다. 나는 무슨 말인지 알아듣지는 못했다. 고개를 돌려 보니, 우리 일행 중 맨 뒤에 있던 모군에게 노파가 무슨 말을 한 모양이었다. 모군은 노파를 쓱 보더니, 즉시 고개를 돌리고, 금니를 반짝반짝 드러내며, 고개를 저으며 웃으며 말했다.

"이야다, 이야다!싫어요, 싫어요!"

그리고 나서는 뭔가 뒤쫓아오는 것을 피하려는 듯 서로가 앞으로 밀치더니, 맨 앞에서 가던 나도 그들과 한 무리가 되어 걸음을 성큼성큼 서둘렀다. 조금 뒤에, 이제는 안전지대에 도달했다는 듯 모두 원래의 속도를 조금씩 회복해가고 있을 무렵, 나는 그제서야 방금 그게 어찌 된 일이었는지 캐물었다.

원래 그 노파는 그 물건을 옮기기가 너무 힘드니까 우리 중 누군가 잠깐 좀 도와서 들어줄 사람이 없겠냐고 모군에게 말한 것이었다. 그대로 옮기면 이랬다.

"여기 누가 이것 좀 들어줘!"

모군은 아마도 가볍고 유쾌한 기분으로 산보하는 중에 무거운 물건을 들어주기가 정말 싫었던 듯, 그래서 두 번이나 "싫어요"를 연발한 모양이었다. 그러나 그렇게 대답을 하고 보니, 노파 근처에서 어슬렁거리며 노파가 고생하는 걸 차마 눈 뜨고 보기도 또한 민망했던 듯, 그래서 무언가 피하듯 걸음을 서둘러, 고생하는 노파의 모습이 자기 눈 앞에 보이지 않게 하려고 애썼던 것일 게다. 내가 그런 내막을 물을 때쯤에는 우린 이미 그 노파로부터 10여 길 떨어져 있어서, 얼굴도 똑똑히 보이지 않았고, 소리도 들리지 않았다. 그러나 모두의 걸음이 아직도 무언가 좀 서두르는 듯한 기색이라, 처음 문을 나서던 때처럼 여유롭지도 한가롭지도 못했다. 말은 하지 않았지만, 너도나도 발걸음이 일치하는 것을 보면 모두 그런 느낌을 가졌음이 분명했다.

그 일을 떠올릴 때마다 무슨 의미를 느끼게 된다. 나는 지금껏 생면부지의 행인으로부터 그런 당돌한 요구를 받아본 적이 없다. 그 노파의 말은 길 가다 우연히 남에게 듣게 될 그런 말이 아니라 가정이나 학교에서 통하는 말일 게다. 작은 테두리 안에서 서로 아주 잘 알고 친하게 지내는 사람들 사이에 할 수 있는 말이지, '사회' 혹은 '세계'라는 큰 테두리 안에서 이른바 '길가는 낯선 사람' 사이에 쓰기에는 부적절한 말이다. 그 노파는 낯선 길을 가정으로 잘못 파악한 것이다.

노파는 그렇게 분위기를 깨고 당돌했다. 그러나 나는 상상해본다. 노파가 바란 것과 똑같은 세계가 정말로 있을 수 있다면? 천하가 한 집안같고 사람들이 모두 가족 같아, 서로 사랑하고 아껴주고, 서로 돕고, 기쁨도 슬픔도 함께 하고……. 그럼 낯선 길은 가정으로 변할테니, 노파는 더 이상 분위기를 깬 것도 아니고 당돌한 것도 아니게 된다. 참으로 동경할 만한 세계가 아닌가!

바
닥
판

樓
板

1927년 7월 10일 『소설월보』 제18권 제7호에 게재되었다.
'자개'라고 서명했다.

取蘋菓

〈그림 11〉 사과 가져오기

어릴 적 기억이 난다. 우리 집 작고 낮은 대청엔 향촛불이 켜져 있고, 육신보살六神菩薩이 모셔져 있었다. 촛불 불꽃으로부터 두 자쯤 떨어진 위쪽은 얇은 홑겹 바닥판이었고, 바닥판 윗면이 바로 변기통을 놓는 곳이었다. 누군가 변을 볼 때, 아래층에서 그 소리를 또렷하게 들을 수 있었다. 당시 나는 할머니와 어머니의 평소 행동거지를 통해서 보살과 변 보는 사람이 서로를 침범한다는 것을 익히 알고 있었다. 그때마다 변기통 소리가 나는 아래에서 육신보살에게 비는 것을 보고 어머니를 나무랐고, 어머니는 나의 나무람에 '피이~' 한 마디로 반격하고 이어서 말씀하셨다. "몇 겹 바닥판이 사이에 있으면 여러 겹 산으로 격리된 것과 마찬가지야."

당시 나는 '판'의 쓰임새가 그토록 클 것이라고

감히 확신할 수 없었다. 다만 어머니의 '피이~' 소리에 압도되었을 뿐이다. 나중에 상해에서 집을 구해 살게 되면서, "몇 겹 바닥판이 사이에 있으면 여러 겹 산으로 격리되어 있는" 것이라는 이 고전 말씀이 확실히 지극한 이치의 명언이라는 것을 알게 되었다. 상해의 공간은 경제성을 추구하여 주택이 **빽빽히** 들어차고, 바닥판 하나로 격리되면 그야말로 왕래와 소통도 단절되고 기후도 같지 않은 다른 세계가 있으니, '판'의 힘이 산보다 크다고 할 수 있다.

　　5~6년 전, 내가 처음 상해에 갔을 때, 상해 서문西門 어느 동네 주택 아래층 방을 한 칸 세내 살았다. 같은 건물 층 위와 아래를 나누어서 두 집이 사는 것이 그때 나에게는 첫경험이었다. 우리 고향에서는 윗층은 주로 침실이고, 아래층은 가당家堂의 육신六神에게 공양하는 대청이다. 두 세대가 윗층과 아래층으로 나누어 거주하는 습관이 전혀 없었다. 나는 다른 사람에게 부탁하여 이 집을 찾았고, 이사하기 이틀 전에 먼저 한 번 가보았다. '세 칸 규모' 2층집으로, 윗층 세 칸은 전대인이 살고 있고, 아래층 왼쪽 방은 다른 한 가정이 이미 세들어 살고 있고, 가운데 공용 거실의 정면에는 치가治家에 도움

되는 주백려朱柏庐 선생의 격언이 한 폭 걸려 있고 두 벽면에는 서화가 걸려 있다. 비어 있는 우측 한 칸이 바로 내가 세들려는 곳이었다. 처음 상해에 온 내가 보기에는, 우리가 이제부터는 전혀 모르던 두 가정 사람들과 함께 살면서, 아침 저녁에도 같은 거실을 쓰고 같은 문으로 출입하니 이 얼마나 우연이면서도 기묘한 인연인가. 앞으로 우리는 이 두 가정 사람들을 틀림없이 오랫동안 소원했던 친척이나 동족보다 훨씬 친근하게 대할 것 같았고, 우리는 틀림없이 이로부터 두 집의 새로운 친척과 친구가 생길 것 같았다. 나는 혼자 이런 생각이 떠올라, 윗층의 두 집주인을 내려오라고 하여, 인사도 하고 대화를 좀 나누려고 했다.

남자인 전대인이 창문으로 머리를 내밀고 무슨 일이냐고 내게 물었다. 나는 한가운데로 걸어가 위쪽으로 고개를 들어 대답했다.

"이 방을 세내서 살려는 사람입니다. 주인하고 애기 좀 하려구요."

그 사람은 눈썹을 찌푸리면서 "방을 세낸다구요? 무슨 애기할 거리도 없어요. 12위안만 내면 내일부터 이 방은 당신 방이에요"라고 말하고, 그 머리가 쑥 들어갔다. 조금 있자 한 부인이 나와 아까 그 쑥 들어간 머리가 했던 말을 내게 다시 한 번 했다. 나는 마음속으로 좀 불쾌했다. 하지만 세를 살기로 결정하였으니 그에게 12위안을 지불하고 문을 나섰다. 나중에 우리는 이사해 살았다. 방을 계약하던 그날 나는 같이 사는 사람들 안색을 이미 보았었다. 하지만 사람과 사람이 서로를 상대하는데 이토록 냉담하다는 것은 감히 믿을 수가 없었다. 바닥판 효과가 이렇게 큰 것이다. 우연히 문과 문 사이 혹은 창과 창 사이에서 이웃집 사람을 만났을 때, 그들과 인사도 좀 하고 그들과 이웃의 친분을 맺으려고 했다. 그러나 그들의 얼굴에는 침범하면 안되는 어떤 안색과 사람을 거부하는 어떤 힘이 있어서, 자주 나를 천 리 밖으로 내몰았다. 우리가 이 방을 세내어 살기로 한 6개월 사이에 바닥판 한 겹을 사이에 둔 전대인 집 및 거실 하나를 사이에 둔 맞은편 문 사람들과 아침 저녁으로 보고 소리도 다 들렸지만 끝내 서로 왕래하지 않고, 서로 대화를 나누지 않고, 우연히 마을 입구 혹은 천정에서 마주치면 모두 일부러 눈을 피하고 지나가서 마치 원한을 맺은 것 같았다. 그때 나는 비로소 어머니 말을 회상했다. "몇 겹 바닥판이 사이에 있으면 여러 겹 산으로 격리된 것과 마찬가지야." 우리와 그들은 사실 공기가 다른 두 세계로 나누어 살고 있는 것으로 한 겹 바닥판만 있으면 차단할 수 있다. 판의 힘은 산보 다 컸던 것이다!

성　姓

1927년 7월 10일 『소설월보』 제18권 제7호에 게재되었다.
'자개'라고 서명했다.

〈그림 12〉 기차에서

나는 성姓이 풍豐이다. 우리가 알기로, 성이 이 풍인 사람은 아주 적다. 내 고향 석문만에서도 우리 한 집만 있을 뿐이고, 밖으로 나가면 성이 같은 사람을 더욱 보도 듣도 못했다. 그래서 사람들은 내 성을 물어보고 나서 "드문 성이군요, 드문 성이에요"라는 말을 하곤 한다.

이 때문에 나는 어렸을 때 이 성의 암시를 받아서, 스스로 자기를 평범하지 않게 보는 심리가 매우 컸다. 그러나 단순히 풍씨 성이 희귀했기 때문만은 아니었다. 석문만에서 풍씨 집안은 우리 집 하나뿐이었고, 게다가 과거에 급제한 사람도 아버지 한 사람뿐이었기 때문이다. 석문만에서는 성이 풍인 사람은 필시 과거에 합격한 사람이고 과거에 합격한 사람은 필시 성이 풍인 사람이라고 모두 생각하는 것 같았다. 내가 어렸을 때 아버지의 심부름꾼 저노오^{褚老五}가 나를 안고 전통극을 보고 돌아오는 길에 나에게 "석문만에서는 다른 어르신은 없고 오직 풍씨 집안에만 어르신이 있지. 너도 크면 어르신이 되는 거야, 풍 어르신!"이라고 말한 것이 기억난다.

과거제도는 폐지되었고, 아버지는 돌아가셨다. 내가 열 살 때, 임시로 일하던 황반선^{黃半仙}이 어느 날 저녁 큰누나에게 말했다. "신교두^{新橋頭} 쌀집에 성이 풍이라는 사람이 있는데, 어디 사람인지 모르겠어." 큰누나와 어머니는 모두 아주 기이하게 여겨, 황반선더러 그 밤에 당장 가서 확실히 성이 풍인지, 어디 사람인지 알아보라고 했다. 성이 풍인 집이 또 있다는 건가, 가짜는 아닌가 하는 심정인 듯했다.

황반선이 돌아와 말했다. "확실히 성이 풍이에요. '양국수풍^{養鞠須豊}'이란 말에서의 풍이에요. 사교^{斜橋} 사람이라는데요." 큰누나는 긴 담뱃대를 물고 "설마 정말이란 말야? '풍포사당^{酆鮑史唐}'이란 말에서의 '풍'은 아니겠지?"라고 했다. 그러나 더 이상 조사하지도 않았다.

나중에 내가 항주, 상해, 동경에 갔을 때 친구 중

에서도 성이 같은 사람이 없어서, 풍씨는 정말로 나 한 사람뿐이었다. 하지만 그동안 내가 얼마나 자신을 평범하게 보지 않고 살았는지는 모르겠지만, 결국 풍씨 성의 특색을 조금이라도 성취하지도 못하여, 지금에 이르기까지 성이 풍이 아닌 사람과 똑같은 삶을 그럭저럭 살고 있다. 과거시험도 붙지 못했고, 도리어 이 괴상한 성으로 인해 누차 말썽이 일어나기도 했다. 사람들이 내게 "성이 무언가요?"라고 물어, 내가 "저의 성은 풍입니다"라고 대답하면, 그대로 끝나지 않고 늘 몇마디 더 덧붙이려 하고, 혹자는 '풍馮'으로 잘못 알아듣기까지 한다. 여관이나 성문 입구에서 야간 검문을 하는 경찰은 심지어 내가 위조했다고 의심을 하면서 "이런 성은 없는데요"라고 말하기도 한다.

영파와 소흥을 오가는 배에서 최근 어느 금융인 환전상이 아주 간단한 방법을 나에게 알려주었다. 내가 배에 올라 선실 안으로 파고드는데, 이 뚱뚱한 금융인이 먼저 앞에 있었다. 그는 늘 그렇듯 "성이 무언가요?"고 내게 물었고, 나는 "풍입니다. 함풍황제咸豊皇帝에서 풍이에요"라고 대답했다. 아마도 시대가 너무 멀리 떨어져서였나, 그는 일순간 함풍황제를 생각해내지 못해서 멍

하니 모르는 표정을 지었다.

　　나는 손가락으로 손바닥 안에 획을 그으면서 "오
곡풍등五穀豊登, 오곡이 풍년이 들다에서 풍이에요"라고 말을 했다.
아마도 '오곡풍등'이라는 성어는 금융인 점포에서는 잘
쓰지 않는지, 역시 들어보지 못한 듯한 표정을 지었다. 그
가 또 멍하니 모르겠다는 표정이기에, 나는 연필을 꺼내
서 담뱃갑에 '풍'을 하나 써서 그에게 보여주었다. 그는
훤히 깨달았다는 듯 "아, 괜찮네요, 괜찮아요, 회풍은행滙
豊銀行에서 풍이네요!"라고 했다.

　　아, 괜찮다, 괜찮아! '회풍은행'은 확실히 '함풍황
제'보다 인기있고, '오곡풍등'보다 많이 쓰이니까! 앞으
로 남들이 내게 물어보면 나는 이렇게 대답해야지.

憶兒時

어렸을 적

1927년 6월 10일 『소설월보』 제18권 제6호에 게재되었다.
'자개'라고 서명하고 끝에 '1927년 매우梅雨 시절'이라고 기록하였다.

〈그림 13〉 아보 발 2개, 의자 발 4개

1

어렸을 적을 회상하면, 잊지 못할 세 가지가 있다.

첫 번째는 누에치기이다. 대여섯 살 무렵, 할머니가 살아 계실 때 일이다. 할머니는 호쾌한 성격에 즐거운 인생을 누리려고 하셨던 분이라, 어떤 좋은 시절을 그냥 맥없이 보내는 법이 없으셨다. 누에치기도 해마다 대규모로 벌이셨다. 사실 나는 다 커서야 알았는데, 할머니는 오직 이익을 보려고 누에치기를 벌인 게 결코 아니었다. 잎이 귀한 해에는 늘 본전을 까먹곤 했었다. 아무리 그래도 할머니는 늦은 봄의 그 행사를 좋아하여, 해마다 대규모로 벌이셨다. 우선 내가 좋아한 건, 누에가 섶에서 내려올 때였다. 그때 세 칸짜리 우리 집은 대청이고 마당이고 온통 누에여서, 드나들거나 뽕잎 주기에 편하도록 가로 세로 발판을 놓았다. 장蔣 아저씨가 멜대 메고 밭으로 잎 따러 가면, 나와 누이들이 오디를 먹으러 따라갔다. 누에가 섶에서 내려오는 무렵이면 오디가 이미 보랏빛으로 달게 맛이 들어, 딸기보다 훨씬 맛있었다. 배불리 먹고 나면, 큰 잎을 그릇 모양으로 만들어 오디를 담아, 장 아저씨를 따라 돌아왔다. 장 아저씨가 누에를 먹일 때, 나는 놀이 삼아 발판을 걸어다니다 늘상 발을 헛디뎌 바닥으로 굴러, 새끼 누에가 많이 눌려 죽었다. 할머니는 허둥지둥 장 아저씨더러 나를 안아 일으키라고 소리쳤고, 다시는 걸어다니지 못하게 하고 했다. 하지만 집안에 온통 바둑판 줄처럼 놓여 있던 발판이 아주 낮았기 때문에, 걸어 다니기에 조금도 무섭지 않았고, 정말로 재미있었다. 이는 정말 한 해 한 번뿐인 얻기 힘든 즐거움이었다. 할머니가 아무리 못하게 하셨어도, 나는 날마다 발판을 걸어다녔다.

누에가 섶에 오르고 나면, 온 집안 식구가 조용히 지냈다. 그땐 아이들도 떠들지 못하게 해서, 나는 잠시 침울했다. 그러나 며칠만 지나면 고치를 따고 실을 잣는 등 떠들썩한 분위기가 다시 살아났다. 해마다 그렇듯, 우두교牛橋頭의 칠낭낭七娘娘에게 우리 집에 와서 실을 잦아달라고 부탁했었다. 장 아저씨는 매일 비파枇杷와 양 갱을 사다가, 고치 따고, 실 잣고, 불 때는 사람들에게 나 눠주었다. 그때는 힘들면서도 희망이 있는 때라, 그 정도 주전부리는 해도 괜찮다고 생각하여, 모두 사양않고 선 뜻 받아먹곤 했다. 일은 않고 월급 받듯, 나도 날마다 비 파와 양갱을 많이 먹었으니, 이 또한 즐거운 일이었다.

실을 잣다 쉴 때 칠낭낭은 물담뱃대를 받쳐 들 고서 반토막이 짧은 왼손 새끼손가락을 펴서 내게 보여 주며 말했었다.

"실 뽑을 땐 절대 물레 뒤에 가까이 가면 안된 단다."

칠낭낭의 새끼손가락은 바로 어릴 때 어쩌다 물 레 축에 끼어 잘려나간 것이었다. 이런 말도 했다.

"아가야, 물레 뒤에 가까이 가면 안돼. 여기 내 옆에 앉아서 비파하고 양갱 먹고 있어. 실 다 뽑으면 번 데기가 나와요. 엄마더러 볶아달라고 해. 얼마나 맛있는 지 몰라!"

나는 끝내 번데기는 안 먹었다. 아빠하고 누나 들이 모두 안 먹었기 때문일 것이다. 내가 좋아했던 것은 그저 그때 우리 집의 흔하지 않은 분위기였다. 늘상 움직이지 않고 한 자리에 있던 당창堂窓, 평상, 팔선의자……, 이런 것이 모두 치워지고, 흔히 볼 수 없는 물레, 바구니, 항아리 등이 그 자리를 차지하는 것으로 변하기 때문이다. 게다가 공공연하게 끊임없이 간식을 먹을 수 있기 때문이다.

실을 다 뽑으면, 장 아저씨가 "비파 먹고 싶네, 내년에도 누에 치세" 노래를 부르며 물레를 치우고, 예전 물건들을 모두 제자리에 복구시켰다. 나로서는 흥이 가셔 적막감이 감돌았다. 그러나 그렇게 바뀌곤 하는 것이 신기하고 재미있는 구석도 있었다.

지금 그때 어린 시절 일을 회상하면, 언제나 그립다! 할머니, 장 아저씨, 칠낭낭, 누나들이 모두 마치 동화나 연극 속의 인물같다. 내 입장에서는 그때 그 연극의 주인공은 바로 나다. 얼마나 감미로운 추억인가! 다만 이제 와서 곰곰이 생각해보면, 연극의 제재가 좋지는 않았다. 누에 쳐서 실을 뽑는 것이, 생계 문제로 따지면 행복이라지만, 그 자체는 수많은 생명을 학살하는 것 아닌가! 사진림史震林의 자서 『서청산기西靑散記』에 다음과 같은 신선의 시 두 구절이 있다.

불쌍한 봄 누에 살려주려,

고생고생 연뿌리에서 실 뽑아 짠 옷 하늘하늘.

인간도 연뿌리 섬유질로 실을 잣는 물레를 좀 발명해서 이 세상 누에들 생명을 모두 건져줄 수는 없을까!

일곱 살 지났을 무렵 할머니가 돌아가신 이후, 우리 집은 더 이상 누에를 치지 않았다. 얼마 못 가 아버지와 누나 동생들이 연달아 세상을 떠나 집안이 쇠락하였고, 나의 행복했던 어린 시절 역시 가버렸다. 그래서 이 추억을 떠올리면 영원히 그리우면서도, 영원히 회한에 젖는다.

2

두 번째 잊을 수 없는 일은 아버지의 한가위 달맞이이다. 달맞이의 즐거움 중에서 백미를 들라면, 게를 먹는 것이었다.

아버지가 과거시험에 급제한 이후 곧바로 과거

제도가 폐지되었다. 아버지는 매일 술을 마시고 책을 보면서, 아무 일 없이 집에 계셨다. 양고기, 소고기, 돼지고기는 즐기지 않으셨고, 생선, 새우 종류를 좋아하셨다. 특히 게라면 더욱 좋아하셨다. 7·8월부터 시작해서 겨울까지, 아버지는 게 한 마리와 바로 이웃 두부집에서 사온 말린 두부 데침 한 그릇 드시는 것을 아예 평일 저녁 만작晚酌 규정으로 삼으셨다. 아버지의 만작 시간은 늘 황혼 무렵이었다. 팔선탁자 위에 석유등 하나, 자사호紫砂壺, 말린 두부 데침이 담긴 이 빠진 사발 뚜껑, 물담뱃대 하나, 책 한 권, 탁자 모서리에 단정히 앉은 고양이 한 마리……. 내 뇌리에 박힌 이 인상이 너무 깊어, 지금도 훤히 떠오른다. 내가 옆에서 보고 있자면, 아버지는 내게 게 다리 하나 혹은 말린 두부 반 쪼각을 주시곤 했다. 그러나 나는 게 다리를 좋아했다. 게는 정말 맛있다. 우리 다섯 형제자매 모두 좋아했다. 아버지가 좋아하셨기 때문이리라. 오직 어머니만 우리와 정반대였다. 고기를 좋아하셨고, 게를 좋아하지도 않고 먹을 줄도 모르셨기 때문에, 먹을 때면 항상 집게발 가시에 손가락이 찔려 피가 났다. 게다가 깨끗이 발라먹지도 않아서, 아버지는 항상 어머니더러 풋나기라며 말하곤 하셨다. 게를 먹는 건 운치 있는 것이라느니, 먹는 방법도 전문가라야 알 수 있다느니, 먼저 다리를 자르고, 다음엔 딱지를 열고 — 다리 관절 살을 깨끗이 발라먹으려면 어떻게 하느냐, 배딱지 속의 살을 발라내려면 어떻게 하느냐 — 집게 끝은 살을 발라내는 족집게로 쓰고 — 집게 발 뼈로는 합쳐서 예쁜 나비를 만들 수 있고 — 아버지는 게를 먹는 데는 정말로 전문가여서 아주 깨끗하게 드셨다. 그래서 진陳 유모는 말씀하셨다.

"어르신이 드신 게껍질은 정말 게껍질이에요"

마당 구석 항아리 속이 게 저장소로, 늘 처음에 10여 마리를 넣어두었다. 칠석, 7월 중순, 한가위, 중양절 등의 절기 때쯤이면 항아리에 게가 가득했다. 그때에는 우리 모두 먹을 수 있었다. 한 사람당 큰 놈 한 마리 혹은 한 마리 반을 먹을 수 있었다. 게다가 한가위에는 더욱 재미가 있었다. 깊은 황혼, 달빛 비치는 이웃 마당에 탁자를 옮겨다놓고 먹었다. 밤이 깊어져 인적은 끊어지고, 밝은 달빛 아래 오직 우리 식구만이 오순도순 탁자 하나에 둘러 앉았고, 또 한 사람, 심부름하는 홍영紅英이 옆에 앉아 있었다. 모두 담소하며, 달을 보며, 그들은 — 아버지와 누나들은 — 달이 질 때까지 그렇게 보냈고,

나는 중간에 잠 들어, 아버지와 누나들과 같이 있으면서 꿈속으로 헤어졌다.

이는 원래 아버지가 게를 즐겼기 때문에 게를 먹는 것을 중심으로 벌인 것이었다. 그래서 이런 야간 잔치는 한가위에 한정되지 않고 게가 있는 계절 달밤이면 느닷없이 여러 차례 벌어지곤 했다. 그러나 명절이 아니면 많이 먹지는 못했다. 때론 두 사람이 한 마리를 나누어 먹기도 했다. 우린 모두 아버지한테 배워서, 살을 아주 말끔하게 발라내고, 발라낸 살을 곧바로 먹지 않고, 모두 게딱지에 쌓아두고, 다 발라낸 뒤에 생강과 식초를 조금 넣고 뭉쳐, 반찬 삼아 먹었다. 그것 외에 다른 음식은 없었다. 아버지는 음식을 아껴 드시는 편이었고, 게다가 게는 최고 맛있는 음식인데 게를 먹을 때 다른 음식과 마구 섞어 먹으면 맛이 떨어진다고 말씀하셨기 때문이다. 우리도 아버지한테 배워, 게딱지에 반쯤 있던 게살이 밥 두 그릇 다 먹도록 남은 게 있어야 아버지의 칭찬을 받았고, 꽤 남은 게살을 맨입으로 한꺼번에 먹을 수 있었기 때문에, 모두 기를 쓰고 아껴 먹었었다. 지금 그 시절을 회상하면, 게 다리 반쪽 살로 밥 두 큰 입을 먹던 그 맛이 정말 좋았다. 아버지가 돌아가신 이후, 그런 좋은 맛을 더 이상 느껴본 적이 없다. 지금 이미 내 자신이 아버지가 되었고, 이제는 소식素食을 하므로, 영원히 더 이상 그 맛을 느낄 수 없을 게다. 아, 어렸을 적 기쁨, 너무나 그립다!

그러나 이 연극의 제재 또한 생명의 학살인 것을! 그래서 이 추억을 떠올리면 영원히 그리우면서, 영원히 회한에 젖는다.

3

세 번째 잊을 수 없는 일은 바로 이웃 두부집 왕난난王圉圉과 사귀었던 일로, 그와의 사귐의 중심에 낚시가 있었다.

내가 열두세 살 때였다. 바로 이웃 두부집 왕난난은 당시 내 동무 중 큰형 뻘이었다. 왕난난은 외아들이어서, 어머니, 할머니, 큰아버지 모두 그를 끔찍하게 사랑하여, 용돈이나 장난감을 많이 해주었고, 매일 밖에서 놀도록 놔두었다. 그의 집과 우리 집은 바로 이웃해 있었다. 우리 집의 사람들이 매일 시장에 갈 때면 왕난난네 두부집 입구를 지나야만 했고, 두 집 사람들은 아침 저녁으로 서로 만나고 왕래했다. 아이들도 아침 저녁으로 서로 만나고 왕래했다. 그뿐만 아니라, 그 집에선 우리 집에 이웃 이상의 깊은 우의가 있었던 듯했다. 그래서 그 집 사람들은 나한테 특히 잘 해주었다. 그의 할머니는 직접 만드신 말린 두부, 두부피 등을 아버지 안주로 갖다 드리라며 종종 내게 주셨다. 왕난난 역시 어린 동무 중 특히 나와 잘 지냈다. 그는 나보다 나이도 많고 힘도 셌고, 집안 형편도 나았음에도 불구하고, 아이들이 함께 놀러 다닐 때면, 종종 나를 데리고 다니며, 마치 큰형이 어린 동생을 보살피듯 나를 보살펴주었다. 우린 우리 염색점 걸상에서 놀기도 하고, 함께 놀러 나가기도 했다. 난난 할머니는 우리 둘이 함께 노는 것을 볼 때마다 난난더러 나를 잘 봐주고 싸우고 욕하지 말라고 신신당부했다. 난난 집에 어떤 곤란한 문제가 있었는데 우리 아버지가 도와주었기 때문에 그집 어른들이 난난더러 나를 잘 돌봐주라고 하는 것이라고 사람들이 얘기하는 것을 들은 적이 있다.

나는 처음에는 낚시할 줄 몰랐는데, 왕난난이 가르쳐 주었다. 왕난난은 자기 큰아버지더러 낚시대 두

개를 사달라고 해서, 하나는 나한테 주고, 하나는 자기가 썼다. 그는 쌀통에서 쌀벌레를 잔뜩 잡아, 물을 담은 깡통에 담가서, 나를 데리고 목장교木場橋 다릿목으로 낚시하러 갔다. 그는 나더러 잘 보고 따라 하라면서, 먼저 쌀벌레를 집어 꼬리부터 머리까지 낚시바늘로 꿰어서, 물 속에 넣었다.

"찌가 움직이면 재깍 당겨야 돼. 그래야 바늘이 턱에 꽉 꿰어, 물고기가 못 도망가."

가르쳐준 대로 하자, 과연 첫날부터 백두白頭 십여 마리를 낚았다. 그러나 그건 모두 난난이 나를 도와 낚시대를 당겨준 것이다.

다음 날 난난은 죽인 파리 반 깡통을 손에 들고, 또 낚시하러 가자고 했다. 가는 도중 그가 내게 말했다.

"꼭 쌀벌레가 아니어도 돼. 파리로 잡는 게 더 좋아. 물고기는 파리를 좋아하거든!"

그날 우린 작은 통에 가득 이런저런 물고기를 낚았다. 난난은 돌아오면서 자기는 필요없다며 물고기 통을 내게 주었다. 어머니는 홍영더러 기름 좀 두르고 부치라고 해서, 내게 저녁 반찬으로 주셨다.

그 후 난 낚시만 좋아했다. 왕난난이 같이 가지

않아도 혼자 낚시하러 갔고, 땅을 파서 지렁이를 잡아 낚시하는 방법도 배웠다. 또한 내 저녁 반찬용 이외에도 점포 사람들에게 나눠주거나 고양이한테도 줄 수 있을 만큼 물고기를 많이 낚게 되었다. 내 기억에, 그때 내가 열심히 낚시를 했던 것은, 놀려는 마음도 있기는 했지만, 뭔가 이득을 보는 재미가 어느 정도 작용했다. 내가 서너 해 여름 한 철에 열심히 낚시를 함으로써, 어머니가 반찬값을 적지 않게 절약할 수 있었던 것 같다.

나중에 타지로 학교를 가면서, 더 이상 낚시할 여유가 없었다. 그런데 책에서 "독조한강설獨釣寒江雪"이니 "어초탁차신漁樵度此身"이니 등과 같이 낚시를 찬미한 말을 종종 보고, 비로소 낚시란 원래 매우 운치 있는 것임을 알게 되었다. 나중에 또 "노닐며 낚시하던 곳游釣之地"이라는 아름다운 명칭이 있음을 알게 되었는데, 이는 고향의 대명사였다. 나는 커다란 충동을 느껴, 한껏 푸념을 늘어놓았다. "낚시는 정말로 운치 있는 것이구나. 내 고향은 내가 노닐며 낚시하던 곳, 참으로 그리운 고향이여!" 그러나 지금 생각해보면, 불행하게도 이 제재 역시 생명을 학살하는 것이구나!

짧았던 내 황금시대, 그리운 것이라고는 단지 이

세 가지뿐이다. 불행하게도 모두가 살생을 즐거움으로

삼은 것이어서, 영원히 회한에 젖는다.

화첨의 일기

華瞻的日記

1927년 6월 10일 『소설월보』 제18권 제6호에 게재되었다.
첫 번째 이야기 끝에 '1927년 매우梅雨 시절',
두 번째 이야기 끝에 '1927년 초여름'이라고 기록하였다.
인민문학출판사가 출간한 『연연당수필』 초판에
'1926년작'이라고 잘못 기록되었다.

德菱小妹妹之像
丁卯寒食子愷畫.

〈그림 14〉 덕릉

1

옆집 23호 사는 정덕릉鄭德菱은 정말 좋은 애다.

오늘 엄마가 날 안고 문 밖에 나갔었다. 덕릉이 시멘트 바닥에서 죽마 타며 놀고 있었다. 덕릉이 날 보고 씽긋 웃었다. 틀림없이 같이 죽마 타고 놀자는 뜻이었다. 나도 너무 타고 싶다는 뜻으로 즉각 웃음을 보내고, 엄마 품에서 내려와 같이 탔다.

둘이 죽마 하나 타고, 내가 "여기서 꼬부라질까?" 하면 덕릉도 좋다고 했고, 내가 "이번엔 좀 먼 데까지 갈까?" 하면 덕릉도 신이 났다. 덕릉이 "말에게 풀 좀 먹여야지!" 하면 나도 신이 났고, 덕릉이 "우리 말을 사철나무에 매두자!" 하면 나도 '그럼, 그래야지!' 생각했다. 우린 정말 마음이 통하는 친구이다.

한창 재미있을 무렵, 엄마가 나와서 밥 먹으러 가자며 내 손을 잡아끌었다.

"싫어."

"덕룽도 밥 먹으러 가야지!"

정말로 덕룽의 오빠가 "덕룽!" 하고 부르며 나와서, 덕룽 손을 잡아끌고 갔다. 나도 엄마를 따라 들어가는 수밖에 없었다. 각자 자기 집 문으로 들어서며, 덕룽도 고개 돌려 나를 한 번 보았고, 나도 고개 돌려 덕룽을 한 번 보았다. 그리고 더 이상 보이지 않았다.

난 정말 밥을 먹고 싶지 않았다. 덕룽도 분명히 밥을 먹고 싶지 않았다는 걸 난 알았다. 그렇지 않다면, 왜 헤어질 때 그렇게 시무룩한 표정으로 나를 보고 웃지도 않았단 말인가? 난 덕룽하고 노는 게 정말 말도 못하게 재밌다. 밥 먹는 게 뭐 그리 급할까? 먹어야 한다면, 아무 일 없을 때 먹으면 될 텐데……. 솔직히 내 생각을 말하자면, 우리처럼 마음이 통하는 사람들은 매일 함께 밥 먹고 함께 잘 수 있다면 얼마나 좋을까? 왜 두 집에 나뉘어 살아야 할까? 두 집에 나뉘어 살아야 한다 해도, 아빠는 덕룽 아빠와 사이좋게 지내고, 엄마도 덕룽

엄마와 늘 얘기 나누면서, 어른들도 함께 지내고 아이들도 함께 지내면, 더 좋지 않을까?

이렇게 '집'을 따로따로 나누는 법을 누가 정한 건지 모르겠다. 정말 이렇게 말도 안될 수 있는 걸까? 아마 모두 어른들이 만들어 놓았을 것이다. 이번뿐만이 아니다. 어른들이 정말 말도 안된다는 것을 요즘 종종 느낀다.

아빠하고 선시회사先施公司에 갔을 때도 그랬다. 조그만 장난감 자동차, 오토바이 등이 바닥에 엄청 많이 있었다. 분명히 나 같은 아이들이 가지고 놀라는 것이었다. 그런데 아빠는 단 하나도 절대 집으로 가져오지 못하게 했다. 그 많은 장난감이 하는 일 없이 그냥 거기 놓여 있게 했다. 돌아오는 길에 보니, 길가에 자동차가 많이 서 있었다. 내가 타려고 했지만, 아빠는 절대 타지 못하게 했다. 그 차들이 그저 할 일 없이 그렇게 길가에 서 있게 했다.

가정부 아주머니가 나를 안고 거리에 나간 적이 있었다. 이런저런 조그만 꽃바구니를 어깨에 멘 어떤 할머니가, 손에도 꽃바구니를 하나 들고, 피리를 불며 서 있었다. 할머니가 나를 보고, 손에 들고 있던 꽃바구니를 내게 주었다. 그런데 아주머니는 절대 필요없다면서, 황급히 나를 안고 가버렸다. 그런 조그만 꽃바구니는 원래 아이들이 가지고 노는 거 아닌가? 게다가 그 할머니는 분명히 나한테 주려고 했는데. 아주머니는 왜 절대 받으면 안된다고 그랬을까? 아주머니도 말이 안된다. 이건 아마 아빠가 그렇게 가르쳤기 때문일 것이다.

난 정덕룽을 제일 좋아한다. 덕룽하고 서 보면 키도 같고, 걷는 속도도 똑같다. 생각하고 바라는 게 한결같이 착착 맞아 떨어진다. 보寶 누나나 덕룽의 오빠는 우리와 마음이 좀 안 맞는 구석이 있다. 둘은 잘 모르는 것 같다. 아마 몸이 거의 어른만큼 크고 보니, 마음도 점점 어른들처럼 말도 안되게 되어가는 것 같다.

보 누나는 걸핏하면 나더러 '바보'라고 한다. 내가 아빠더러 "하늘에서 비가 오지 않게 해줘! 그래야 덕룽이 놀러 나올 거 아니야!"라고 말했더니, 보 누나는 내게 손가락질하며 "첨첨瞻瞻, 바보!" 라고 한다. 내가 왜 '바보'야? 누나는 매일 나하고 놀지도 않고, 책가방 끼고 학교에만 가잖아. 그게 '바보' 아냐? 아빠는 하루 종일 책상 앞에 앉아, 원고지에 한 칸 한 칸 글씨만 채우고 있잖아. 그게 '바보' 아냐? 비가 오면 놀러 나가지도 못하잖아. 그게 싫지도 않단 말이야? 하늘에서 비가 오지 않게 해달라고 하는 거야말로 누구나 바라는 합리적인 요구라구. 매일 저녁 누나는 아빠더러 전등을 켜달라고 하잖아. 그래서 아빠가 전등을 켜주면 방 안이 온통 환해지잖아. 그것처럼 지금 나도 아빠더러 하늘에서 비가 안 오게 해달라고 하는 거란 말이야. 아빠가 그렇게 해줘서 날씨가 맑으면 기분 좋은 일이잖아. 왜 나더러 '바보'라는 거야?

덕룽의 오빠는 나한테 무슨 말을 하진 않았지만, 난 정말 싫다. 우리가 놀 때면 항상 무뚝뚝한 표정으로 와서 덕룽에게 "맨발로 남의 집에 가면 부끄럽지도 않아!", "남의 빵을 먹으면 부끄럽지도 않아!"라고 하면서 홱 끌고 가 버린다. 어른들이 습관적으로 하는 말이 '부끄럽다'이다. 어른들은 물리지도 않는 모양이다. 의자에 단정히 앉아, 고개 끄덕끄덕, 허리 굽실굽실, "부탁합니다만……", "미안합니다만……", "부끄럽습니다" 이딴 재미없는 말만 한다. 보 누나나 덕룽의 오빠 모두 어른 같은 구석이 좀 있다.

아! 나를 알아주는 사람이 너무 적어! 난 너무 쓸

쓸해! 엄마는 항상 나더러 "울보"라고 하는데, 내가 어떻게 안 울어?

2

오늘 정말 이상한 걸 봤다.

설탕죽을 먹고, 엄마가 나를 안고 주방에 가는데 얼핏 보니, 아빠가 온몸에 하얀 천을 쓰고 고개를 늘어뜨리고 의기소침한 듯 바깥 쪽을 향하여 의자에 앉아 있고, 낯선 곰보가 검은 장삼을 입고 번뜩이는 작은 칼을 들고, 아빠 뒤쪽 목덜미를 있는 힘껏 베고 있는 것이었다. 아니! 이게 어찌 된 일인가? 어른들이 하는 일은 정말이지 보면 볼수록 희한하기만 하다! 아빠는 어떻게 그 낯선 곰보 아저씨가 뒷덜미를 베게 놓아두는 걸까? 아프지도 않나?

더 이상한 것은, 나를 안고 주방에 들어가면서, 아빠가 베이는 놀라운 광경을 엄마도 분명히 보았다. 그러나 엄마는 본척 만척 조금도 개의치 않았다. 보 누나가 가방을 끼고 마당에서 들어오고 있었는데, 누나가 그 광경을 보면 틀림없이 울 거라고 생각했다. 그런데 어찌 된 일인지, 누나는 그저 "아빠" 하고 부르며 그 무서운 곰보를 한 번 쳐다보더니, 아무렇지도 않은 듯 방으로 들어가 가방을 걸었다.

그저께 아빠가 손가락을 베었을 때, 엄마더러 어서 빨리 솜과 가제를 가져오라며 소동을 피우지 않았던가! 그런데 오늘은 무서운 곰보가 이를 꽉 악물고 아빠 머리를 베고 있는데, 어째서 엄마나 보 누나는 상관하지도 않는 걸까? 나는 정말 이해할 수 없다. 그 곰보가 정말 미웠다. 곰보는 또 귀에 담배를 한 개피 끼우고 있었다. 아빠가 연필을 끼우고 있듯이…… 곰보는 연필이 없는 사람임이 분명했다. 나쁜 사람임이 분명했다.

나중에 아빠가 눈을 올려뜨고 나를 부르며 말했다.

"화첨華瞻, 너도 머리 깎을래?"

그러자 그 곰보가 고개 들어 나를 쳐다보았다. 금이빨 하나가 번쩍거렸다. 아빠 말이 무슨 뜻인지 알 수 없었다. 정말 너무 무서웠다. 나는 참지 못하고 엄마 목덜미를 꽉 안고 울었다. 그때 엄마 아빠와 곰보가 뭐라고 뭐라고 말을 많이 했는데, 제대로 들리지도 않았고, 이해할 수도 없었다. 그저 "머리 깎다", "머리 깎다" 이 소리만 들렸었다. 무슨 뜻인지 알 수 없었다. 나는 계속 울었다. 엄마가 나를 안고 마당에서 문 밖으로 나갔다. 문가에 갔을 때, 안쪽을 살그머니 보니, 그 곰보가 또 이를 꽉 물고 이번에는 아빠 귀를 베고 있는 모습이 창 틈으로 보였다.

문 밖에는 공던지기 하는 학생, 체조하는 군인, 지나가는 기차…….

"울지 마, 뚝!"

"야아, 기차 봐라!"

엄마가 계속 달랬지만, 나는 집 안에서 벌어지고 있는 괴이한 일이 마음에 걸려, 경치 따위 보고 싶은 기분이 안 났다. 그저 엄마 어깨에 기대고 있었다.

나는 그 곰보가 미웠다. 좋은 사람이 분명히 아니었다. 몽둥이로 그 곰보를 때리라고 엄마더러 말하고 싶었다. 그러나 나는 끝내 말하지 않았다. 내 경험에 따르자면, 어른들 생각이 나와 종종 맞지 않았기 때문이었다. 어른들은 종종 말이 안될 때가 있다. 제일 먹기 싫은 '약'을 먹으라고 하질 않나, 제일 하기 싫은 '세수'를 하라고 하질 않나, 제일 재미있는 물놀이나 제일 멋진

불놀이를 절대 못하게 하니 말이다. 오늘의 괴이한 일을 모두 아무렇지도 않게 생각하는 걸 보면, 분명히 또 나하고 생각이 다른 모양이다. 내가 때리라고 하면 거절당할 것이 분명했다. 무슨 수를 써도 어른들을 꺾지 못할테니, 에라 그만 두자! 나는 그저 우는 수밖에 없었다. 정말로 이상한 것은, 보 누나는 평소에 내가 물장난 불장난 하는 것을 이해했었는데, 오늘은 문 밖으로 뛰어나와 날 보고 웃으며, 내가 '바보'니 어쩌니 엄마하고 말하는 게 아닌가! 나는 그저 혼자 우는 수밖에 없었다. 내가 우는 심정을 누가 알아주랴?

엄마가 나를 안고 집으로 돌아올 때, 그제서야 나는 고개 들어 좀 보려고 했다. 그 괴상한 일은 어떻게 되었을까? 그 나쁜 곰보는 아직 있을까? 그런데 이건 또 어찌 된 일인가? 문간을 막 넘어서려는데, '퍽, 퍽' 하는 소리가 들렸다. 주방으로 들어가는 도중, 나는 그 곰보가 주먹으로 아빠 등을 때리고 있는 것을 보았다. '퍽, 퍽' 소리는 바로 때리는 소리였다. 곰보는 있는 힘껏 때리는 것이 틀림없었다. 아빠는 분명히 아주 아플 것이었다. 그런데 아빠는 왜 그 곰보가 자기를 때리게 내버려두는 걸까? 엄마는 또 왜 아무 상관도 하지 않을까?

나는 또 울었다. 엄마는 서둘러 나를 안고 방으로 들어가, 가정부와 이런저런 얘길 했다. 두 사람 모두 웃기 시작하더니, 모두 내게 이러쿵저러쿵 말을 했다. 그러나 내 귀엔 아직 건넌방에서 '픽, 픽' 때리는 소리만 들릴 뿐, 아무 말도 듣고 싶지 않았다.

"사람을 때리는 건 제일 나쁜 일이다"라고 아빠가 말하지 않았던가? 언젠가 연연 누나가 담배 딱지를 안 주려고 하기에 내가 한 대 때렸는데, 아빠는 내가 나쁘다며 나를 혼냈었다. 또 언젠가 내가 온도계를 깨트려서 엄마가 내 엉덩이를 한 대 때렸는데, 아빠는 나를 안고, 엄마에게 "때리면 안돼요"라고 했다. 그런데 오늘 그 곰보가 아빠를 때리고 있는데, 어째서 모두들 아무 상관하지 않는 걸까? 나는 계속 울다가 엄마 품 속에서 잠들었다.

잠에서 깼을 때, 아빠가 피아노 옆에 앉아 있었다. 아무 데도 다치지 않은 것 같았다. 귀도 베이지 않았다. 그런데 머리가 꼭 중처럼 온통 반들반들했다. 아빠를 보자마자, 잠자기 전의 이상한 일이 떠올랐다. 그러나 아빠도 엄마도, 여전히 개의치 않는 듯, 어느 누구도 전혀 그 얘기를 하지 않았다. 나는 그 일을 회상할수록 너무나 무섭고 이상했다. 분명히 아빠는 목이 베이고, 귀가 베이고, 게다가 주먹으로 맞고 있었는데도, 모두 아랑곳하지 않았고, 나 혼자 공포와 의혹에 떨도록 놔 두지 않았나! 아! 누가 내 공포를 이해하려나? 누가 내 의혹을 풀어주려나?

아난 | 阿難

1927년 11월 10일 『소설월보』 제18권 제11호에 게재되었다.
'자개'라고 서명하고, 끝에 '1927년 9월 17일 아난 3주년 생일이면서
기일에 연연당에서 쓰다'라고 기록했다.
인민문학출판사가 출간한 『연연당수필』 초판에
'1926년작'이라고 잘못 기록되었다.

〈그림 15〉 연구

예전에 아내가 유산이라는 고통을 겪은 적이 있
다. 한밤중에 여섯 치 크기의 어린 아이가 모체를 떠나
말없이 세상에 나왔다. 의사가 천으로 감싸 내게 내밀
어 보여주면서 "버젓하게 생긴 남자아이예요. 손톱 발
톱도 이미 다 생겼구요. 안타깝게도 너무 일찍 태어났
어요!"라고 말했다. 내가 경이로운 표정으로 의사의 손
을 통해 들여다보고 있을 때, 그 고깃덩이가 갑자기 움
직였다. 가슴 부위가 한 번 펄쩍 뛰면서 동시에 사지를
뻗쳤다. 죽기 직전 청개구리의 몸부림과 똑같았다. 나와
의사는 모두 깜짝 놀라서, 숨을 죽이고 한참 지켜보았
다. 그 고깃덩이는 더 이상 뛰지 않았고, 서서히 차갑게
식어갔다.

아! 그것은 고깃덩이가 아니라, 하나의 생명이었

고, 한 사람이었다. 그는 나의 아들이었다. 이름을 지어 주고 싶었다. 그의 앞에 아보阿寶, 아선阿先, 아첨阿瞻이 있고, 그의 엄마가 그로 인하여 고난을 당하였으니, '아난阿難'이라고 이름을 지었다. 의사가 아난의 시체를 가져가 방부제 유리병 속에 넣었다. 아난이 한 번 꿈틀한 것이 내 마음에 각인되었다.

아난! 한 번 꿈틀한 것이 너의 일생이구나! 너의 일생은 어쩌면 그리도 총망했더냐? 너의 수명은 어쩌면 그리도 촉급했더냐? 우리 부자 인연은 어쩌면 그리도 짧았더냐?

그러나 이 모든 것이 나의 망념이다. 나를 너에 비교하면, 그렇게 큰 차이도 없다. 수천만 광년 속에서의 7척 몸체와 끝없는 영겁 속에서의 몇십 년을 '인생'이라고 한다. 생명이 있었던 때로부터 지금까지, 이 '인생'은 이미 수천만 번 반복되어, 모두 순식간에 피고 지는 담화曇花나 물거품처럼 나타났다 사라지며, 지금은 내게 와서 반복되고 있는 것이다. 그러므로 내가 설령 백 세까지 산다 해도, 억겁에서 네가 한 번 꿈틀한 것과 아무 차이가 없다. 지금 내가 너의 단명함을 마음아파하는 것은 참으로 99보 달아난 사람이 100보 달아난 사람을 비웃는 것이로구나.

아난! 나는 더 이상 마음아파하지 않고, 반대로 네 일생의 천진함과 현명함을 찬미해야겠다. 원래 나라는 이 인간은 참된 내가 일찌감치 아니었다. 인류가 만든 세상의 갖가지 현상이 내 마음의 눈을 막고, 나의 본성을 은폐해서, 아등바등 쫓고 쫓기는 지구에서의 이 생활에 점점 습관되게 해서, 인생의 당연한 것으로 여기도록 하고, 이상하게 여기지 못하게 했다. 사실 이 땅에 떨어졌을 때 나는 나의 본성을 이미 남김없이 잃어버리고 말았다. 예전에 사진림史震林의 『서청산기西青散記』를 읽으면서, 다음 몇마디에 매우 감동하여 책을 덮고 슬퍼하고 하늘을 쳐다보면서 크게 탄식했었다.

내가 막 태어났을 때, 하늘이 밝아졌다가 어두웠다가 하는 것이 무서웠다. 그것은 밤과 낮이라고 식구가 말했다. 사람이 있었다가 없었다가 하는 것이 괴이했다. 그것은 삶과 죽음이라고 식구가 말했다. 별을 구별하는 것을 나에게 가르치면서 '아무개는 기두箕斗라고 한다'고 했고, 새를 구별하는 것을 가르치면서 '아무개는 까치라고 한다'고 하여, 지식이 시작되었다. 태어나서 자라나고, 어두웠다 밝아졌다

하고, 있었다 없었다 하는 것이 이상하게 여길 것이 점점 아니게 되었다. 어지럽고 혼란스러울 때, 스스로 정신을 태허에 올려다두고 내려다보며 밝고 어두운 것과 있고 없는 것이 아주 잠깐임을 깨달으면 슬퍼할 것이 없었다.

예전에 나는 자주 너의 아보 누나와 아첨 형을 찬미하면서, 그들의 아동 생활이 얼마나 천진난만하고 자연스러운지 말했다. 그들의 마음의 눈이 얼마나 맑고 깨끗한지, 우리로서는 절대 감히 바라지도 못한다고 말했다. 그러나 그들이 어찌 너와 비교할 수 있겠느냐. 그들과 너를 비교하면, 나와 그들을 비교하는 것과 같다. 그들의 생활이 비록 천진난만하고 자연스럽지만, 그들의 눈이 비록 맑고 깨끗하다지만, 그들은 결국 이미 이 세상 지식을 가지게 되었고, 이 세상의 갖가지 유혹을 받았고, 이 세상의 색채에 물들었고, 한층 엷디 엷은 안개 장벽이 이미 그들의 천진함과 깨끗함을 덮어 가렸다. 너의 일생은 이 세상의 티끌이 전혀 묻지 않았다. 너는 완벽하게 천진스럽고, 자연스럽고, 맑고, 깨끗한 생명이다. 세상 사람들에게는 원래 너와 같은 천진난만하고 맑은 생명이 있었다. 일단 인간 세상에 들어오자 마치

어지러운 꿈에 들어온 것처럼 광질狂疾에 걸리고, 자빠지고 흩어져서 헤매면서, 피곤하여 쓰러지는 상태에 이르렀다가, 비로소 황급히 생명의 고향으로 돌아오려고 한다. 이 얼마나 어리석고 바보 같은 작태인가! 너의 일생은 오직 한 번 꿈틀거림일 뿐으로, 너는 1초만에 인간 세상에서 너의 일생을 깨끗하게 마치고, 즉각 해탈했다. 바람을 맞아서 미친듯이 나다니는 중인 내가 어찌 감히 너의 천진함과 현명함을 바랄 수 있겠느냐?

나는 이전에 너의 아보 누나와 아첨 형의 천진난만한 아동 생활을 보았고, 그들의 황금시대가 가려고 하는 것을 안타까워하며, "아이가 열 살 전후까지 자라고 병 없이 저절로 죽는다면 너무나도 의의와 가치가 있는 일생을 완성한 것이 아닐까?"라는 괴이한 생각을 자주 했다. 그러나 지금 생각해보면, 이른바 '아이의 천국', '아이의 낙원'이라는 것은 궁핍하고 왜소하기 짝이 없어, 단지 피곤하고 쓰러져서 세상에서 떠다니는 고통받는 사람들이 부러워할 가치만 있을 뿐이니, 또한 어찌 입에 담을 필요 있겠는가? 너처럼 한 번 꿈틀거리는 것으로 생사를 마무리하면 절대로 부생浮生의 고통에 얽혀들 리 없으니, 더욱 좋지 않은가? 억겁 속에서 인생은 원래 단지 한 번 꿈틀거림일 뿐이다. 나는 너의 한 번 꿈틀거림에서 일체의 인생을 엿보았다.

그러나 이것도 여전히 나의 망념이다. 우주에서 사람이 생기고 사라지는 것은 바다에서 파도의 기복과 같다. 큰 파도도 작은 파도도 바다의 변환이 아닌 것이 없으며 바다로 돌아가지 않는 것이 없다. 세상의 모든 현상은 모두 우주의 큰 생명의 현시顯示이다. 아난! 너와 나의 인연은 결코 얇지 않다. 네가 바로 나이고, 내가 바로 너이다. 이른바 너와 내가 따로 없는 것이다!

새
벽
꿈

晨
夢

1927년 11월 10일 『소설월보』 제18권 제11호에 게재되었다.
'자개'라고 서명하고
끝에 '정묘년 9월 26일 나이 서른으로 넘어가는 첫날'이라고 기록하였다.

〈그림 16〉 첨첨의 꿈 2

나는 꿈속에서 내가 꿈을 꾸고 있다는 것을 아는 경우가 자주 있다. 새벽에 깰락말락할 때 이런 상황이 가장 많다. 이건 나 혼자만 가지고 있는 기이한 습벽이 아니다. 내가 말을 하면 동감을 표시하는 사람이 자주 있다.

최근 나는 이런 상황을 더욱 많이 경험했다. 아내가 친정 고향에 장기간 가 있기로 하고, 두 어린 아이를 내가 돌보라고 이곳에 두고 갔다. 나는 매일 저녁 아이들과 함께 잠자리에 들어야 했다. 아이들이 먼저 잠들어서, 9시쯤 조용해지면 나는 책을 읽고 글을 쓰기 시작하였으며, 종종 한밤중이 지나서야 아이들 이불 속으로 들어가곤 했다. 날이 밝아서 아이들이 깨면 내 귓가에서 새처럼 떠들었고, 또한 일어나라고 나를 끊임없이 재촉했다. 하지만 이 때는 내가 한창 새벽 꿈을 꿀 때로, 한편으로 아이들이 떠드는 소리가 은은하게 들리면서, 한편으로 꿈 속 여행을 떠나고 있었다. 아이들은 아무리 불러도 내가 깨지 않자, 입술을 내 귀에 맞추어 큰 소리로 "아빠, 일어나"라고 외쳐, 즉시 나를 꿈속에서 꺼낸다. 때로 내 꿈은 한창 흥미가 고조된 상태에 도달하여 아직 매듭을 짓지 않아서, 아이들 말에 대답하면서, 노래를 한 곡 더 부르라고 하기도 하고, 조금만 더 자게 해달라고 하기도 하면서, 서둘러 이불을 뒤집어쓰고, 나의 꿈속 여행을 계속한다. 이러면 확실히 계속 진행할 수 있다. 심지어 두세 번 중단되어도 상관없다. 하지만 그때의 상황이 매우 이상하다. 한편으로는 꿈의 실마리를 찾아가 계속 이어나가면서, 한편으로는 아이들이 부르는 노래 소리의 한토막을 은은하게 들을 수 있다. 즉 한편으로는 열심히 꿈속 일을 하면서, 한편으로는 또한 이것은 허구의 꿈이라는 것을 안다. 꿈속을 노니는 가짜 내가 있고, 동시에 또한 아이들과 같이 있으면서 잠을 자고 있는 진짜 나도 있다.

하지만 아이들이 크게 울거나 꿈이 완결되는 때가 되면 나도 의연하게 몸을 일으킨다. 옷을 걸치고 침대에서 내려와 "오늘 할 일은 뭐지" 하며 진짜 나의 정식 생각이 마음에 응집될 때, 꿈속의 망념은 즉각 의념 밖으로 배출되니, 누가 더 미련을 가지고 따지고 하겠는가?

"인생은 꿈과 같다"는 이 말은 옛사람들이 이미 했던 말이고, 또한 모든 사람들이 통렬히 느끼고 인정한다. 그렇다면 우리 인생은 모두 ─ 내 새벽꿈과 마찬가지로 ─ 꿈속에서 자기가 꿈을 꾸고 있다는 것을 알고 있는 것이다. 이 생각이 머리를 들자, 의혹과 비애의 감정이 내 온몸을 지배하고, 끝내는 스스로 벗어날 수 없고 스스로 위로할 수 없게 했다. 종종 끝까지 탐구할 용기가 없어서 그걸 잠시 곁에 놓아두고, 그럭저럭 며칠 지나서 다시 말해보자고 한다. 생각해보면 이것은 또한 나 한 사람의 사견이 아니다. 말을 하면 틀림없이 많은 사람이 동감을 표시할 것이다.

이것은 많은 눈이 밝게 보았던 일이기 때문이다. 끝없이 큰 우주 속에서 7척짜리 몸과 끝없이 오랜 억겁 중에서 몇십 년으로, 위로는 별세계의 비밀을 궁구하고, 아래로는 대지의 보물창고를 탐색하여, 시가라는 아름다운 국토를 건설하고, 철학이라는 신비로운 경지를 개

척했다. 그러나 일단 이 취약한 육체가 허물어지고 부패하는 때가 되면, 이 위대한 심령 역시 자취 없이 떠나가버려서, 이번 일은 영원히 없게 된다. 이 '나'의 어릴 때의 즐거운 웃음, 청년의 동경, 중년의 슬픔과 즐거움, 명예, 재산, 연애 등이 당시에는 얼마나 진지하고 얼마나 정중했는가! 그러나 그날이 되면, '나'라는 것은 완전히 없는 것이 된다. 슬프도다! "인생은 꿈과 같다!"

　　그러나 인간 세상을 돌이켜보면, 또한 매우 이상함을 느끼지 않을 수 없다. 우리 이전에도 '인생'은 이미 수천만 번 반복되었고, 모두 담화포영曇花泡影처럼 문득 나타났다 사라졌다. 모두 한편으로는 자기도 이와 같을 것임을 명명백백하게 알면서도, 한편으로는 마치 모르는 것처럼 조금도 회의하지 않고 열심히 사람 노릇을 하려고 한다. 관리는 열심히 공무를 보고, 병사는 열심히 체조를 하고, 상인은 열심히 계산을 하고, 교사는 열심히 수업을 하고, 마부는 열심히 마차를 끌고, 조리사는 열심히 요리를 하고…… 학생은 열심히 지식을 추구하면서 사람이 될 준비를 한다. ― 이는 명백하게 자살이다, 만성 자살이다!

　　이는 바로 인생의 배부름과 따뜻함의 유쾌함과

연애의 달콤함과 결혼의 행복과 작록과 부귀의 영예가 우리를 속여서, 우리가 회상할 겨를이 없게 하고, 각각의 상태에 파묻혀 돌아오지 않게 하고, 그날그날 그럭저럭 지나게 하고, 인생의 근본을 끝까지 탐구할 용기를 내지 못하게 하고, 적당히 지내다 죽게 하기 때문이다.

"인생은 꿈과 같다!"라는 말을 문학적 수식이 아름다운 말로 봐서는 안된다. 이것은 머리를 내려치는 죽비이다. 옛날 사람들이 간파한 것을 우리는 통감하고 인정해야 한다. 우리는 인생이라는 큰 꿈속에서 확실히 ─ 나의 새벽 꿈과 같이 ─ 자기가 꿈을 꾸고 있다는 것을 안다. 우리는 한편으로는 꿈속 일을 열심히 하면서, 한편으로는 또한 이것이 허구와 환상의 꿈이라는 것을 안다. 우리는 꿈속의 가짜 '나'가 있고, 또한 본래의 '진짜 나'가 있다. 우리가 의연하게 몸을 일으켜, 옷을 걸치고 침대에서 내려와 진짜 나의 바른 상념이 마음에 응집될 때, 꿈속의 망념은 즉각 대수롭지 않게 여겨질 것이니, 누가 또 연연하겠으며 누가 또 따지겠는가?

같은 꿈을 꾸는 친구 여러분! 우리에게는 모두 '진짜 나'가 있으니, 이 '진짜 나'를 잊어서 허구의 꿈속에 빠져서 뒹굴지 말아야 한다. 우리는 꿈속에서 자기는 꿈을 꾸고 있다는 것을 알아야 하며, 늘 이 '참된 나'가 있는 곳을 찾아야 한다.

예술삼매경

藝術三昧

1927년 8월 10일 『소설월보』 제18권 제8호에 게재되었다.

〈그림 17〉 건축의 기원

오창석吳昌碩이 쓴 글씨를 보았을 때였다. 글자의 각 필획만을 보면 별로 좋은 것 같지 않았다. 한 자 한 자 글자만을 보면, 한 줄 한 줄 글자만을 보면, 역시 별로 좋은 것 같지 않았다. 그런데 작품 전체를 보면 뭔가 말할 수 없는 좋은 점이 있었다. 따로따로 볼 때는 좋지 않다고 느꼈던 것이, 전체를 볼 때는 모두 좋게 변했다. 그렇지 않으면 아름다운 구석이 없었다.

원래 예술품이었던 그 글자는 한 획 한 획, 한 자 한 자, 한 줄 한 줄의 집합이 아니라, 융합되어 있어서 분해하면 안되는 전체였다. 한 획 한 자 한 줄이 전체에 대해서 유기적인 것이었다. 즉 전체의 일원이다. 글자가 크거나 작거나, 기울어졌거나 바르게 섰거나, 통통하거나 수척하거나, 짙거나 옅거나, 단단하거나 부드럽거나

하는 것이 모두 결코 우연이 아니라 전체 구성상 필요한 것이다. 즉 모두가 전체를 위해서 그렇게 된 것이지 개체 자신을 위해서 그렇게 된 것이 아니다. 그래서 만약 절대적으로 완벽한 예술품 글자가 있다면 필시 어느 한 글자 혹은 어느 한 획에라도 이미 전체의 경향이 나타나 있을 것이라고 상상한다. 만약 어느 한 글자 혹은 한 획을 다른 모양으로 바꾸면 전체 또한 완전히 바꾸지 않으면 안된다. 또한 어느 한 글자 혹은 한 획이라도 제거하면 전체는 성립되지 않는다. 다시 말하자면, 한 획 속에 이미 전체가 표현되어 있고, 한 획 속에서 전체를 볼 수 있으며, 전체는 단지 하나의 개체일 뿐이다.

그러므로 한 획, 한 자 혹은 한 줄만을 보면 안되는 게 당연하다. 이것이 위대한 예술의 특징이다. 회화에서도 이와 똑같다. 중국회화 이론에서 말하는 '기운생동氣韻生動'이 바로 이 의미이다. 서양 인상파의 지론에 따르면 "이전 서양화는 모두 단지 많은 작은 그림을 모아서 큰 그림으로 만든 것에 불과하여, 조금도 생기가 없다. 예술적 회화는 화면이 혼연히 융합되지 않으면 안된다"고 했다. 이 점에서 생각하면, 인상파의 탄생은 확실히 서양 회화의 진보이다.

이것은 불가사의한 예술의 삼매경이다. 한 점에서 전체를 볼 수 있고, 전체 속에서 한 개체만의 이른바 "하나에 여러가지가 있고, 둘에 두 모습이 없는[一有多種, 二無兩般]"『碧巖錄』 것을 본다는 것이 바로 이 뜻이리라! 이 이치가 얼핏 보면 모순인 것 같기도 하고 현묘한 것 같기도 할지 모르지만, 사실은 예술의 일반적 특색으로, 미학에서 말하는 이른바 '다양한 통일'이라는 것으로 분명하게 풀이할 수 있다. 그 뜻을 풀어보자면, 사과 세 개가 있는데, 과일장수가 사과를 규칙적으로 배열해놓으면 바로 '통일'이다. 다만 통일은 딱딱하고 변함없다. 아이가 사과를 건드려 여기저기로 굴러가면 바로 '다양'이다. 다만 다양은 산만하고 혼란하다. 결국 어떤 화가가 와서 사과를 그대로 그리면서 그림 속에 넣을 만큼 아름다운 위치에 배열시켜서 — 두 개는 뒤쪽 한편에 두고, 나머지 하나는 앞에 약간 떨어지게 두어서 — 바라보면 아주 좋을 때는 이른바 '다양한 통일'이라는 것으로, 아름답다. 통일되기도 해야 하고 다양하기도 해야 하고, 규칙적이기도 해야 하고 규칙적이지 않기도 해야 하고, 불규칙적으로 규칙적이기도 해야 하고, 규칙적으로 불규칙적이기도 해야 하고, 하나 속에 많은 것이 있어야 하고, 많은 것 속에 하나가 있어야 한다. 이것이 예술의 삼매경이다.

　우주는 하나의 큰 예술이다. 사람은 왜 서화라는 작은 예술만 감상할 줄 알고 우주라는 큰 예술은 감상할 줄 모를까? 사람은 왜 서화를 보는 안목으로 우주를 보지 않을까? 서화를 보는 안목으로 우주를 본다면, 더욱 큰 삼매경을 발견하게 된다. 우주는 혼연하게 융합된 전체이며, 삼라만상은 모두 이 전체의 다양하면서도 통일된 여러 모습이다. 삼라만상의 한 점에서 우주의 전체를 엿볼 수 있고, 삼라만상은 하나의 개체일 뿐이다. 블레이크가 "모래 한 알에서 세계를 본다"라고 한 것과 맹자가 "만물이 모두 내게 갖추어져 있다"고 한 것은 바로 우주를 하나의 큰 예술로 본 것이다. 예술적 글자 중 독립하여 존재할 수 있는 한 획은 없다. 즉 우주에는 독립하여 존재할 수 있는 사물은 없다. 만약 전체를 위하지 않으면, 각 개체는 모두 의미없는 허구이자 환상이다. 그럼 이 '나'는 어떤가? 물론 독립하여 존재하는 '소아小我'가 아니니, 우주 전체의 '대아大我' 속으로 융합되어 들어가 이 큰 예술을 완성시켜야 한다.

인연 | 緣

1929년 6월 10일 『소설월보』 제20권 제6호에 게재되었다.
글의 끝에 '1929년 노동절 자개가 강만 연연당에서 쓰다'라고 기록했다.

〈그림 18〉 기차에서

재작년 가을 때 일이다. 홍일법사께서 운유雲遊하면서 상해를 지나시다가, 무슨 인연 때문인지, 우리 석문만 집에 오셔서 잠시 묵어가길 원하셨다. 나는 기차 북역으로 선생님을 마중나가, 선생님 손에서 지팡이와 멜빵짐을 받아들고, 함께 차를 타고 석문만의 연연당으로 가서, 선생님은 앞채에서 묵으시게 하고, 나와 두 아이는 아랫채에서 묵었다.

매일 저녁 해가 저물 무렵 나는 규칙적으로 윗채에 가서 선생님과 이야기를 나누었다. 선생님은 정오가 지나면 무얼 드시지 않았고, 나는 저녁을 아주 늦게 먹었다. 우리가 이야기를 나눌 때는 바로 다른 사람들이 저녁을 먹는 시간이었다. 선생님은 밤에 일찍 주무셨다. 거의 태양의 빛과 함께 주무셔서, 줄곧 전등이 필요없었다. 그래서 내가 선생님과 이야기를 나눌 때는 늘 어둑어둑한 저녁 빛깔이었다. 선생님은 창 쪽 등나무 침대에 앉으시고 나는 안쪽 의자에 앉아, 창 밖 회색 하늘에 선생님의 완전히 검은 흉상이 드러날 때까지 이야기를 나누다가, 나는 그제서야 가보겠다며 자리를 뜨고 선생님도 쉬곤 했다. 이런 생활이 한 달 동안 계속되었다. 지금은 이미 풍부한 회상의 원천으로 변했다.

내가 선생님을 뵈려고 윗층으로 올라간 어느 날이었다. 선생님께서 얼굴에 환희가 충만하셔서, 내 책꽂이에서 책 한 권을 꺼내시더니, 책의 글씨를 가리키시며 내게 물으셨다.

"사송고^{謝頌羔} 거사를 아느냐?"

손에 들고 계신 책을 보니, 사송고 군이 지은 『이상중인^{理想中人}』이었다. 이 책은 일찍이 사송고가 내게 준 것으로, 나는 원래 책꽂이 아래층에 눕혀서 쌓아놓았었다. 우리집 아이들이 기차놀이를 좋아하여, 눕혀서 쌓아놓았던 책 무더기를 며칠 전 꺼내서 침대 위에 깔아놓고 철로로 사용했고, 나중에 기차 운행이 끝나고 우리집 큰딸이 와서 정리를 하면서 그 책들을 책꽂이의 가운데층 바깥쪽 가장 꺼내기 쉬운 곳에 바르게 세워 두었고, 이제 홍일법사에게 뽑힌 것이었다. 나는 대답했다.

"사송고 군은 저의 친구로, 기독교도이고……."

"이 책 아주 좋다. 아주 유익한 책이야! 이 사거사가 상해에 사시느냐?"

"북사천로北四川路 끝에 있는 광학회廣學會에서 편집일을 맡아보고 있습니다. 저는 그와 자주 만납니다."

광학회가 언급되자, 선생님께서는 또한 상당한 호감을 느끼시는 것 같았다. 선생님께서는 말씀하시기를, 광학회는 아주 일찌감치 선생님께서 어려서 상해에 사실 때 이미 창립되었다고 했다. 또한 말씀하시기를, 그중 아주 열심이고 진지했던 종교인이 많이 있었는데, 이제마태李提摩太, 티모시 리차드(Timothy Richard)라는 외국 선교사가 불법에 관심이 깊어서 『대승기신론』을 번역한 적이 있다고 했다. 그러다가 이야기가 본류로 흘러서, 『이상중인』과 그 저자 사송고 거사를 찬미하는 방향으로 나아갔다. 선생님께서는 이런 책이 얼마나 유익한 책인지, 이 저자가 얼마나 존경스러운 사람인지 말씀하셨다. 또한 말씀하시기를, 선생님께서는 그동안 내 책꽂이의 책을 보지 않았는데, 오늘 우연히 가장 가까운 곳에 있는 것을 되는 대로 뽑은 것이 이 책이라고 했다. 읽어보고 매우 감격스러웠고, 내 책꽂이에는 이런 책이 아주 많을 것이라고 짐작해서 점검을 해보니, 뜻밖에도 다른 책은 모두 회화와 음악에 관련된 일본서적들이었다. 선생님은 내게 정중히 말씀하셨다.

"이건 정말 기묘한 '인연[緣]'이로구나!"

나는 그들이 만날 인연을 인공적으로 만들어볼까 하여, 틈을 타서 말했다.

"언제 한 번 사군을 여기로 오라고 해서 이야기를 좀 나눌까요?"

사람을 오라고 하면 너무 미안하다고 말씀하셨다. 그러나 선생님 얼굴에는 매우 바라는 기색이 분명하게 드러났다.

며칠 지나 선생님은 "자량청직慈良淸直" 네 글자를 가로로 쓰셔서 둘둘 잘 말아서 책꽂이에 놓으셨다. 내가 저물 무렵 올라가 선생님과 이야기를 나눌 때, 선생님은 그것을 꺼내서 언제 가는 길 있으면 사거사에게 갖다주라고 내게 명하셨다.

다음 날 나는 이 글씨를 품에 안고 광학회로 가서 사군을 만났다. 이 이야기를 해주고 글씨를 전달해주었다. 사송고는 내 말을 듣고, 글씨를 보고, 아주 감격스러워하며 내게 말했다.

"다음 일요일 내가 찾아뵐께요."

그날이 오자 이웃 도재량陶載良 군이 채식을 준비하여, 자기 집에 와서 점심 식사를 하라고 홍일법사를 초대했다. 사군과 나도 초청되었다. 나는 자리에서 한 경건한 불교도와 한 경건한 기독교도가 서로 마주하고 앉아 담소를 나누는 것을 지켜봤다. 내 마음은 그들의 대화를 들을 겨를이 없었고, 그저 눈앞의 광경을 마주하여 세상의 '인연'의 기묘함을 명상할 따름이었다. 지금 눈앞의 만남의 인연은 내가 완성시킨 것이었다. 하지만 만약 사군이 이 『이상중인』이라는 책을 저술하지 않았다면, 혹은 저술은 했지만 내게 선물하지는 않았다면, 혹은 만약 홍일법사께서 우리집에 오시지 않았다면, 혹은 오시기는 오셨는데 내 책꽂이의 책을 보시지 않았다면, 오늘의 만남은 나도 완성시킬 수 없었다. 더 나아가 생각하면, 이 책은 원래 이미 오랫동안 책꽂이의 아래층에 파묻혀 있었으니, 만약 우리 아이들이 꺼내서 철로로 깔지 않았다면, 혹은 우리 큰딸이 정리할 때 그 책을 홍일법사가 되는 대로 꺼낼 수 있는 곳에 두지 않았다면, 오늘의 이 좋은 만남도 결코 세상에 나타날 수 없었다. 곰곰 생각하면, 무슨 일을 막론하고 모든 것은 크고 작은 수천 수만 개의 '인연'이 모아져 완성된 것으로, 하나라도 빠지면 안된다. 세상의 인연이라는 것이 얼마나 기묘하고 불가사의한가! — 이상이 재작년 가을의 일이다.

　　이제 사군의 『이상중인』이 재판을 찍으려 하여, 내게 서문을 부탁했다. 나는 『이상중인』이라는 책 이름을 듣고, 그 내용을 살펴볼 겨를은 없었다. 마음속은 또한 재작년 추석의 좋은 만남의 기이한 인연을 회상하느라고 바빴다. 그래서 이번 회상을 이 책의 첫머리에 기록한다.

큰 메모장

大賬簿

1929년 5월 10일 『소설월보』 제20권 제5호에 게재되었다.
글의 끝에 '1929년 청명절 지나서 석만에서 쓰다'라고 기록했다.
이후 1974년 1월 20일 홍콩 『중학생주보中國學生周報』 제1116기에도 게재되었다.
인민문학출판사가 출간한 『연연당수필』 초판에
'1927년작'이라고 잘못 기록되어 있다.

〈그림 19〉 첨첨의 꿈 3

어렸을 때, 배를 타고 고향으로 성묘하러 간 적이 있었다. 선창에 기대어, 끊임없이 배 옆으로 겹겹이 출렁거리는 물결을 한창 정신없이 보고 있던 중, 깜빡 기우뚱하다가 손에 쥐고 있던 오뚝이를 강물에 떨어뜨렸다. 오뚝이가 물결에 휩쓸려드는 것에 얼이 빠진 나는 허겁지겁 뱃고물로 달려갔다. 하지만 순식간에 온데간데없이 사라져버려, 알 수 없는 아득한 세계에 모든 걸 줘버린 꼴이었다. 텅 빈 내 손을 보다가, 창 밑에서 끊임없이 겹겹이 출렁거리는 물결을 보다가, 오뚝이를 잃은 것에 상심하여 자꾸 배 뒤편의 망망한 허연 물을 참담하게 바라보다, 나도 모르게 마음속에서 의혹과 비애가 술렁거렸다. 놓쳐버린 오뚝이는 어디로 갔으며 어떤 결말을 맞을까 의혹이 일었고, 영원히 알 수 없는 그

운명에 비애가 일었다. 물결 따라 흘러가다 어느 강가에 걸려 멈추어 어느 시골 아이 손에 들어갈 수도 있고, 어느 어부의 그물에 걸려 고기잡이 배의 오뚝이로 살아갈 수도 있고, 깊고 어두운 강바닥으로 영영 가라앉아 오랜 세월 끝에 진흙으로 변해버려 이 세상에선 그 오뚝이를 더 이상 못 보게 될 지도 모른다. 그 오뚝이는 지금 분명히 어디엔가 있긴 있을 것이며, 언젠가는 어떤 결말을 맞을 것임이 틀림없다. 그러나 누가 그걸 조사할까? 그 불가사의한 운명을 누가 알까? 그런 의혹과 비애가 내 마음속에서 슬그머니 고개를 들었다. 혹시 아버지가 그 결과를 알아 내 의혹과 비애를 풀어줄 수 있지 않을까 생각하기도 했다. 아니면 장차 내가 자라서 결국 그 결과를 알게 되어 의혹과 비애가 풀릴 날이 올지도 모른다고 생각하기도 했다.

과연 나이를 먹게 되었다. 그러나 그 의혹과 비애는 여전히 풀리지 않을 뿐 아니라, 도리어 나이를 먹어감에 따라 훨씬 많아지고 깊어졌다. 초등학교 때 학우와 교외로 산보를 나간 적이 있었다. 우연히 나뭇가지를 하나 꺾어 스틱으로 사용했다. 나중에 그걸 밭에 버리고, 몇 번이고 되돌아 보면서, 자문자답했다.

"저 막대기를 언제 또 볼 수 있을까? 앞으로 저 막대기는 어찌 될까? 영영 저걸 다시 못보겠지! 앞으로 어떻게 될지 영영 알 수 없을 거야!"

혼자 산보를 나갔었다면, 그런 상황에서 나는 차마 그 곁을 떠나지 못하고 좀 더 머물렀을 것이다. 때론 이미 몇 걸음 갔다가 다시 돌아가서, 버린 것을 다시 집어들고 정중하게 작별을 고하고 눈 딱 감고 그것을 버린 후에 돌아온 적도 있다. 나중에 나 스스로가 그런 바보 같은 행동에 웃은 적도 있다. 그런 것은 인생에서 하나도 아까울 것 없는 자질구레한 것임을 잘 알고 있다. 그러나 그러한 비애와 의혹이 생생하게 내 마음에 가득 쌓여, 그러지 않을 수 없게 하곤 한다.

시끌벅적한 곳에서 정신없이 바쁠 때면, 그런 의혹과 비애도 마음 깊은 곳에 눌려 있어, 아무렇지 않게 사물을 취하고 버릴 뿐, 앞에서와 같은 바보 같은 짓을 더 이상 안한다. 간혹 그런 와중에도 의혹과 비애가 어쩌다 떠오르긴 한다. 그러나 대중의 감화와 현실의 압박의 힘이 너무 위대하여 즉시 그런 의혹과 비애를 억눌러서, 의혹과 비애는 그저 내 마음속에서 한 순간 반짝일 뿐이다. 그런데 조용한 곳에 가면, 고독할 때 특히 밤에, 그것들이 다시 온통 내 마음에 떠오른다. 등 밑에서 회계 연습장을 펴고 붓을 들어, 하루 동안 암송했던 시를 종이에다 끄적끄적 쓴다.

춘잠도사사방진, 랍구성회春蠶到死絲方盡, 蠟炬成灰 ……

쓰다 말고 집어들어 등불 위에 대고 종이 한 귀퉁이에 불을 붙인다. 화라락 불꽃이 번지는 것을 보며, 글자 하나하나와 마음속으로 작별을 고한다. 완전히 재로 변했건만, 그 종이가 타기 전의 온전한 형태가 문득 내 눈 앞에 선명하게 떠오른다. 바닥에 떨어진 재를 내려다보자면 또 암담한 비애를 느낀다. 내가 방금 일 분 전에 분명히 종이에 썼던 글자들을 다시 한 번만 좀 보려고 한다면 어떨까? 이 세상 그 어떤 힘 있는 세도가, 도지사, 주지사, 대통령이라고 해도, 전 세계 황제의 권력에 부탁한다 해도, 혹은 요순, 공자, 소크라테스, 크라이스트 등 모든 옛 성현이 부활해서 협력하여 내게 방법을 마련해본다 해도, 절대 불가능한 일이다! — 사실 나는 그런 말도 안되는 바람을 품는 건 아니다. 나는 그저 재를 바라보며, 이제는 분간할 수 없는 자그만 먼지로 변해버린 그 속에서, 어느 것이 '춘春'이 탄 재인지 어느 것이 '잠蠶'이 탄 재인지 각 글자의 유해를 좀 찾아보고 싶을 따름이다. 또한 내일 아침 이곳 종업원이 이 재를 쓸어갈텐데, 그러면 어떻게 될까? 만약 바람 속으로 날아간다면, 각각 어디로 날아갈까? '춘春'이 탄 재는 누구 집으로 날아들까? '잠蠶'이 탄 재는 누구 집으로 날아들까? — 만약 진흙 속에 섞인다면, 어떤 식물에 영양을 공급할까? — 모든 것이 아득하여 알 수 없는 영원한 커다란 의혹인 것이다.

　　밥 먹을 때, 그릇에서 밥풀 하나 내 옷깃에 떨어진다. 그 밥풀을 보고, 생각을 안 하면 그만이지만, 생각을 했다 하면 또 하나의 커다란 의혹과 비애가 일어난다. 언제 어느 농부가 어느 밭에서 뿌린 씨앗의 벼에서, 그중 어떤 벼이삭에 열매로 맺혀서, 밥을 하여 이 밥풀이 된 낟알로 자랐을까? 또한 그 낟알이 열린 벼를 누가 베고, 누가 갈고, 누가 찧고, 누가 팔아, 우리 집에 오게 되어, 지금 이렇게 밥풀이 되어, 내 옷깃에 떨어지게 되었을까? 이런 의문에는 그 답이 분명히 있다. 그러나 이 밥풀 자신만이 알 뿐, 조사하고 대답할 수 있는 사람은 세상 어디에도 없다.

주머니에서 동전을 한 줌 꺼내보면, 분명히 하나하나 복잡하고 기나긴 역사가 있다. 지폐나 은화는 사람 손을 거치면서 때로 인장이 하나 더 찍히기도 한다. 그러나 동전에서는 그동안 지내온 내력의 흔적을 전혀 찾을 수가 없다. 그중 어떤 것은 거리에서 거지가 애걸하는 목표물이 되었을테고, 어떤 것은 노동자의 피땀어린 댓가가 되었을테고, 어떤 것은 죽 한 그릇과 바뀌어 배고픈 사람의 굶주린 배를 채웠을테고, 어떤 것은 사탕 하나와 바뀌어 어떤 아이의 우는 입을 틀어막았을테고, 어떤 것은 도적의 장물에 끼었을테고, 어떤 것은 부자의 두둑한 배 근처에서 편안히 잠을 잔 적이 있을테고, 어떤 것은 편안하게 변소 바닥에 숨어 지냈을테고, 어떤 것은 신세도 사납게 지금 말한 모든 내력을 다 거쳤을 것이다. 또한 그중 어떤 것은 내 주머니에 처음 들어온 것이 아닐 수도 있으리라. 하지만 이 역시 알 수 없다. 이 동전들이 말을 할 수 있다면, 나는 틀림없이 귀한 손님으로 받들어 모시며 그들이 그동안 지내온 얘기를 차례대로 해달라고 하여 경청했으리라. 만약 그것들이 글을 쓸 수 있다면, 틀림없이 동전 하나하나마다 『로빈슨 표류기』보다 더 신기한 책을 한 권씩 저술할 수 있을 것이다. 그러나 동전들은 하나같이 마치 죽어도 안 불겠다는 범인인 듯, 사건과 관련된 온갖 내막과 진상을 마음속에 꼭꼭 감추고 있음이 틀림없으면서, 죽어도 비밀을 누설하려고 하지 않는다.

이젠 이미 서른이 넘어서, 반평생 이상을 살았다. 가슴에 쌓아둔 그런 의혹과 비애는 날이 갈수록 늘어만 갔다. 그러나 날이 갈수록 자극은 담박해져서, 이전 소년 시절 신선하고 짙은 자극에는 훨씬 못 미친다. 다른 사람들은 어떻게 하는지 참고하며 애쓴 결과이다. 사람들은 그런 것을 전혀 생각조차 하지 않는 것 같았다. 그저 천하태평하게 밥을 뱃속에 채우고, 돈을 주머니에 집어넣을 따름이요, 그런 것은 꿈조차 안 꾸는 것 같았다. 이는 살아가는 데 확실히 큰 도움이 되어, 나는 죽어라고 다른 사람들을 스승삼아, 그들의 행복을 배우려고 했다. 지금까지 서른이 되도록 배웠건만, 아직 졸업은 못했다. 얻은 것은 단지 그런 의혹과 비애의 자극이 조금 담박해진 것뿐이요, 살아갈수록 그 양은 나날이 많아지기만 했다.

어느 여관에 묵었다가 떠날 때마다, 아무리 객실이 형편없었을지라도, 아무리 벌레가 많았을지라도,

하여튼 떠날 때가 되면 잠시 고개 숙이고 "내가 또 이 객실에서 묵을 날이 있을까"라는 생각이 들면서 "영원한 결별이로구나!"라며 개탄하곤 한다. 기차에서 내릴 때면, 아무리 그 여행이 힘들었을지라도, 아무리 옆자리 사람이 지겨웠을지라도, 하여튼 내릴 때가 되면 어떤 특별한 느낌이 생기게 된다. "내가 또 이 사람과 같은 자리에 앉을 날이 있을까? 이게 이 사람과 영원한 결별이 아닐까?" 그러나 이런 느낌이 솟는 것도 아주 순간적이고 어렴풋하여, 정말이지 날아가는 새의 검은 그림자가 연못을 스치고 지나가듯 그저 몇 초 동안 내 마음에 번쩍 스쳐 지나가는 것에 불과할 뿐, 잠깐 뒤엔 전혀 그런 일이 없다. 그동안 배우지 않았던가! 그러나 이 역시 순전히 선생님 — 대중 — 앞에 있어야만 가능하다. 일단 선생님이 보이지 않으면, 무리와 떨어져 혼자 있을 때면, 나의 옛 작태가 그대로 다시 꿈틀거린다. 지금이 바로 그런 때이다. 백도화白桃花 꽃잎 한 조각이 봄바람에 창으로 날아와, 내 원고지 위에 떨어진다. 분명히 우리집 마당의 백도화 나무에서 날아온 것일텐데, 그것이 처음에 어떤 가지 어떤 꽃에 붙어있던 것인가를 누가 알까? 창가 뜰에 흰눈처럼 무수히 떨어진 꽃잎, 분명히 저마다 원래 붙어 있던 가지와 꽃자루가 있었을텐데, 누가 일일이 출처를 조사하여 그 꽃잎들이 원래 꽃자루로 돌아가게 할 수 있을까? 이런 의혹과 비애가 또 내 마음을 습격한다.

어쨌든, 어린 시절부터 지금까지 그런 의혹과 비애가 끊임없이 줄기차게 내 마음을 습격했지만, 끝내 풀지 못했다. 나이가 늘어갈수록, 지식이 많아질수록, 점점 큰 힘으로 습격해온다. 다른 사람들의 본보기가 엄하게 압박해올수록, 그에 대한 반동 역시 더욱 강해진다. 30여 년 동안 내가 경험한 의혹과 비애를 일일이 기록하자면, 아마 『사고전서四庫全書』나 『대장경』보다 그 양이 많을지도 모를 일이다. 그러나 이 역시 단지 나 한 사람이 30년이라는 짧은 세월 동안 경험한 것에 불과할 따름이다. 커다란 우주와 드넓은 세계와 수많은 사람의 생각에 비하면, 내가 느낀 것은 그야말로 항하恒河 중의 자그마한 모래알에 불과할 뿐이다.

한없이 큰 메모장을 보는 듯도 하다. 메모장에는 우주 및 세계의 온갖 사물과 사건의 과거, 현재, 미래 삼세의 갖가지 우여곡절과 인과관계가 상세하게 실려 있다. 작고 작은 원자로부터 거대한 천체에 이르기까지,

미생물의 꿈틀거림으로부터 혼돈의 영겁에 이르기까지, 그것들의 유래, 경과, 결과 등이 하나도 빠짐없이 상세히 기록되지 않은 것이 없다. 그래야 그간의 내 의혹과 비애가 모두 풀릴 것이다. 오뚝이가 어디에 있는지, 스틱이 어떻게 되었는지, 재는 어디로 갔는지, 하나하나 모두 기록되어 있다. 밥풀과 동전의 내력을 하나하나 찾아볼 수 있다. 내가 어떤 인연으로 그 여관에서 묵게 되었고 그 기차를 타게 되었는지, 나와 관련된 이런저런 인연이 진작부터 어느 쪽에 실려 있다. 백도화 꽃잎 하나하나가 원래 붙어 있던 꽃자루를 모두 확실하게 찾아볼 수 있다. 정녕 영원토록 알 수 없느냐며 내가 누차 탄식했던 것들, 마당 모래더미 모래알의 숫자조차 확실하게 기재되어 있다. 그 아래 쪽에는 또 그중 몇 모래알은 어제 내가 손으로 집어본 것이라고 명확히 밝히고 있다. 내가 어제 집어본 모래를 모래더미에서 골라내려 하면, 역시 이 메모장에서 찾아보면 어렵지 않다. — 내가 30년 동안 보고, 듣고, 행한 모든 것이 하나도 빠짐없이 너무나 상세하게 실려 있고 고증되어 있다. 그런데 그것이 차지하는 자리 또한 그저 페이지page의 한 귀퉁이일 뿐, 전체 메모장에서 무한대 분의 1밖에 안된다.

이 거대한 메모장이 우주에 분명히 있다고 나는 확신한다. 그래야 내 의혹과 비애가 모두 풀릴테니.

가을 秋

1929년 10월 10일 『소설월보』 제20권 제10호에 게재되었다.
글의 끝에 '1929년 가을'이라고 기록했다.

〈그림 20〉 유혹

나이 첫머리에 '서른'이란 두 글자가 따라다니게 된 지도 벌써 두 해가 되었다. 달관이란 걸 모르는 나로서는 이 두 글자로부터 적잖은 암시와 영향을 받는다. 몸집이나 기운은 스물아홉 살 때와 전혀 차이가 없음이 분명한데, '서른'이라는 관념이 머리를 덮어씌우니, 마치 양산을 펼쳐서 온몸이 어둑한 그림자에 휩싸이게 된 것 같다. 또한 마치 일력에서 입추 날 한 장을 찢었을 때처럼, 태양의 뜨거운 위세도 아직 누그러들지 않았고 수은주도 아직 떨어지지 않았는데 그저 막바지 위세요 한물 간 더위인 것처럼 느껴지듯, 혹은 대지의 절기가 이날로부터 가을로 접어들어 이제 머지않아 서리가 내리고 낙엽이 떨어질 것만 같은 느낌이 들 때와 같다.

　　사실 지난 두 해 동안 내 심정은 가을과 가장 잘

어울리고 맞아떨어졌다. 예전과는 다른 경우이다. 예전에는 그저 봄만을 그리워했다. 나는 버들과 제비를 제일 좋아한다. 특히 이제 마악 노릇노릇 물이 오르는 여린 버들을 좋아한다. 살던 집을 '버들의 집[小楊柳屋]'이라고 이름 붙인 적도 있고, 버들과 제비를 그린 적도 많았으며, 길쭉름하게 잘 생긴 버들잎을 따다 두꺼운 종이에 갖가지 눈썹 모양으로 붙이고 그런 눈썹을 가진 사람의 얼굴 모습을 상상하면서 그 밑으로 눈, 코, 입 등을 그려 넣은 적도 있다. 그때 나는 정월에서 2월로 넘어갈 무렵 이른봄이 올 때마다, 버드나무 가지의 가느다란 줄기에 은은한 청색의 자그만 구슬이 맺혀서 보일 듯 말 듯 하늘거릴 때마다, 내 마음에는 광희狂喜가 충만했고, 그 광희는 또 그대로 초조함으로 변해서 늘 되뇌곤 했다.

"그래, 봄이 왔구나! 가만 있으면 안되지! 어떻게 맞을까? 어떻게 즐길까? 어떻게 하면 영원히 붙잡아둘까?"
"좋은 시절의 아름다운 풍광을 즐길 날이 얼마나 될까?
[良辰美景奈何天]"

이런 시구를 보면서 진심으로 감동한 적이 있다.

옛날 사람들은 모두 봄을 헛되이 보내는 것을 탄식하였으니, 그들의 전철을 밟지 말아야지! 내 손에 들어오기만 하면 결코 그냥 지나치게 방심하지 않으리라! 특히 옛날 사람들이 가장 깊게 안타까워했던 한식, 청명 때가 되면, 내 마음속 초조함은 특히 더욱 심해졌다. 그날이면 나는 늘 그 아름다운 계절에게 충분히 보답이 될 만한 어떤 일을 벌이려고 하곤 했다. 시를 짓거나, 그림을 그리거나, 통음을 하거나, 유람을 하려고 했다. 비록 대부분이 실행에 옮겨지진 못했지만, 혹은 실행에 옮겼더라도 아무 효과없이 되레 술에 찌들고 사고를 쳐서 불쾌한 회상과 맞바꾸기도 했지만, 그러나 나는 낙심하지 않았고, 봄은 늘 애틋했었다. 내 마음은 오직 봄이 있는 것만 알 뿐, 다른 세 계절은 모두 봄의 예비 혹은 봄을 기다리는 휴식 시간으로 간주하여, 그것들의 존재와 의미에 전혀 주의를 기울이지 않았다. 게다가 가을에 대해서는 더더욱 느낌이 없었다. 여름은 봄 뒤에 이어지니까 지나친 봄으로 간주하면 되고, 겨울은 봄에 앞서니까 봄의 준비로 간주하면 되는데, 봄과 전혀 관계없는 가을만은 지금까지 내 마음속에서 차지할 자리가 없었다.

내 나이가 입추를 알린 후, 지난 두 해 동안 심경 역시 완전히 방향을 바꾸어, 가을로 변했다. 그러나 상황은 이전과 다르다. 가을에 지난날처럼 광희와 초조를 느끼는 건 결코 아니다. 나는 가을이면 그저 심경이 매우 조화롭게 됨을 느낀다. 이전에 봄을 대할 때처럼 광희와 초조가 없을 뿐만 아니라, 항상 가을 바람, 가을 비, 가을 색, 가을 빛에 빨려들어 가을에 융화되면서, 잠시 스스로의 존재를 잊는다. 또한 봄에 대해서도, 결코 지난날 가을에 대해서 그랬던 것처럼 무감각하지도 않다. 나는 지금 봄을 매우 혐오한다. 삼라만상이 회춘할 때마다, 온갖 꽃이 어여쁨을 다투고, 벌과 나비가 소란떨고, 초목 곤충 등이 도처에서 뒤질세라 생식에 애쓰는 것을 보면, 이 천지간에서 용렬하고, 욕심많고, 무치하고, 어리석은 것이 이보다 더하지 않다 생각이 든다. 게다가 맹춘 때 버드나무 가지에 은은한 초록 구슬이 매달린 것을 보면, 복숭아나무 가지에 방울방울 붉은 반점이 생긴 걸 보면, 무엇보다 우습고 불쌍한 생각이 들곤 한다. 나는 한 꽃술을 깨우치고 싶어진다.

"아니! 너 또 이 낡은 곡조를 반복하는구나! 나는 네 조상을 무수하게 보았는데, 하나같이 너처럼 이렇게 세상에 나와서, 하나같이 잘 되려고 노력해서, 다투어 영화를 누리려 했다가, 얼마 못가 초췌해져 진흙과 먼지로 변하지 않은 것이 하나도 없었다. 너는 왜 또 이 낡은 곡조를 반복하는 거냐? 지금 너는 이 뿌리에서 자라나, 요염한 듯 어여쁜 듯 웃고 찡그리다, 사람들이 짓밟고, 자르고, 꺾어버리는 고통을 초래하여, 너의 조상이 먼지로 화한 전철을 따라갈 것이다."

사실 30여 차례 봄을 맞고 보낸 사람이면, 꽃이 피고 지는 것도 이미 지겹게 본 터라, 감각이 무디어지고 열정이 식어서, 처음 세상 구경하는 소년 소녀처럼 꽃의 환상적 자태에 유혹되어 찬양하고, 감탄하고, 사랑하고, 애석해하는 경우는 더 이상 없을 것이다. 하물며 천지 만물 중에서 영고榮枯, 성쇠盛衰, 생멸生滅, 유무有無의 이치를 벗어날 수 있는 건 하나도 없다. 과거의 역사가 이를 훤히 증명하고 있으므로, 우리가 새삼 더 얘기할 필요도 없다. 예로부터 무수한 시인이 가는 봄을 마음 아파하고 지는 꽃을 안타까워하며 천편일률로 말을 동원했으나, 이런 효빈效顰도 이제 싫증이 난다. 세간의 생영生榮과 사멸死滅에 대해서 나더러 한 마디 쓰라고 한다면, 생영에 대해선 쓸 것이 없을 것 같고, 차라리 일체의 사멸을 찬탄하게 될 것 같다. 전자^{생명}의 탐욕, 우매, 겁약에 비하면 후자^{사멸}의 태도는 얼마나 겸손하고, 통달하고, 위대한가! 이 때문에 나는 봄을 버리고 가을을 취하련다.

　　나쓰메 소세키[夏目漱石]가 서른살 때 말했다. "인생 스물에는 사는 게 이익이라는 걸 알았고, 스물다섯에는 밝음이 있는 곳에 반드시 어둠이 있음을 알았고, 서른이 된 지금으로서는 밝음이 많은 곳에 어둠 또한 많고 기쁨이 짙을 때 슬픔 또한 그만큼 짙다는 걸 더욱 알게 되었다." 지금 나는 이 말에도 깊이 동감하면서도, 또한 서른의 특징은 단지 이것뿐만이 아니라, 더욱 특별한 것으로 죽음에 대한 체감을 들 수 있다고 생각한다. 청춘 시절에는 연애가 뜻대로 안되면 습관적으로 죽느니 사느니 말들을 하곤 한다. 그러나 이것은 '죽음'이 있음을 아는 것에 불과할 뿐, 체감은 아니다. 마치 얼음물 마시고 부채 휘둘러대는 여름날에는 난로 에워싸고 이불 끌어안는 겨울 밤의 재미를 체감할 수 없는 것과 같다. 우리가 아무리 삼십여 차례나 추위와 더위를 겪어본 사람이라 할지라도, 며칠 전 뜨거운 햇볕 아래에선 무슨 수를 써도 일광욕하는 재미를 느끼지 못한다. 난로 에워싸고,

이불 끌어안고, 일광욕하는 등의 것들은 여름에는 사람의 마음속에서 단지 공허한 지식일 뿐이어서, 앞으로 그런 일이 꼭 있으리라는 것을 아는 것에 불과할 뿐, 그 재미를 체감하지는 못한다. 가을에 들어서, 뜨거운 햇살이 위세를 다하여 점점 물러나고, 땀에 전 피부가 점점 수축되고, 홑옷을 걸치고 있으면 으슬으슬 한기를 느끼고, 플란넬을 만지면 쾌적함을 느끼는 즈음이 되어야, 난로 에워싸고 이불 끌어안고 일광욕을 하는 등에 대한 지식이 바야흐로 점점 체험의 세계로 녹아들어 체감으로 변화한다. 내 나이가 입추를 알린 후, 심경에 일어난 가장 특수한 상황이 바로 이 '죽음'에 대한 체감이다. 예전 나의 사려는 정말 얕았다! 봄이 영원토록 이 세상에 머물 거라 생각했고, 사람이 영원히 청년으로 머물 거라 생각했고, 죽음이란 것을 전혀 생각조차 하지 못했었다. 또한 인생의 의의는 오직 '사는' 것에만 있으며, 나의 삶이 가장 의의가 있으며, 나는 죽지 않을 것이라고 생각했다. 지금에 이르러서야, 가을 빛의 자애로운 보살핌과 죽음의 영기靈氣의 양육에 힘입어 비로소 사는 것의 애환과 고락이 천지간에서 억만 번 반복된 낡은 곡조여서 그다지 아까워하고 애석해할 게 없다는 것을 알게 되었다. 나는 단지 이 삶을 평안히 보내고 탈출하기를 바랄 뿐이다. 간질병에 걸린 사람처럼 병중에 자빠지고 발작하는 것이야 그리 따질 게 되겠는가? 그저 병에서 벗어나길 바랄 뿐이다.

마악 붓을 놓으려 하는데, 문득 서창 밖에 먹구름이 가득 밀려오고, 하늘 저편에서 번갯불이 번쩍하는가 싶더니, 우릉우릉 천둥 소리가 울리고, 우박 섞인 가을비가 갑자기 한바탕 쏟아진다. 아! 입추가 지난지 며칠 되지 않아, 가을의 마음이 아직 노련하지 않고 어리고 여려서, 아무래도 이런 부조화 현상이 없을 수 없으니, 무섭구나!